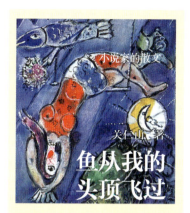

小说家的散文

关仁山 著

鱼从我的
头顶飞过

河南文艺出版社
· 郑州 ·

图书在版编目（CIP）数据

鱼从我的头顶飞过 / 关仁山著. -- 郑州:河南文艺出版社, 2024.10. --（小说家的散文）. -- ISBN 978-7-5559-1696-3

Ⅰ．Ｉ267

中国国家版本馆 CIP 数据核字第 2024CE7147 号

选题策划	王　宁
编　　选	南　宫
责任编辑	王　宁
书籍设计	刘婉君
责任校对	梁　晓

出版发行	河南文艺出版社
本社地址	郑州市郑东新区祥盛街 27 号 C 座 5 楼
承印单位	河南瑞之光印刷股份有限公司
经销单位	新华书店
开　　本	787 毫米×1092 毫米　1/32
印　　张	8.75
字　　数	172 000
版　　次	2024 年 10 月第 1 版
印　　次	2024 年 10 月第 1 次印刷
定　　价	45.00 元

印厂地址　河南省武陟县产业集聚区东区（詹店镇）泰安路

邮政编码　454950　　电话　0371-63956290

作者简介

关仁山，作家，河北省作家协会主席。著有长篇小说《白洋淀上》《日头》《麦河》《唐山大地震》《天高地厚》《金谷银山》等，中短篇小说《大雪无乡》《九月还乡》等，长篇纪实文学《感天动地》《太行沃土》等，出版十卷本《关仁山文集》。作品曾获鲁迅文学奖、中宣部"五个一工程"奖、中国图书奖、庄重文文学奖等。部分作品被译成英、法、韩、日等文字，多部作品被改编成电视剧、话剧、舞台剧。

目录

童年拾趣

品悟人生

燕赵情怀

景若在，梦就在

童年拾趣

享受童年的乐趣

我生活的小村,是冀东平原上一个普普通通的村落,没有公路通过,也没有铁路通过。当我跟随母亲第一次来到唐山这座城市,是在小学四年级的时候。我被这座城市强烈地吸引着,从心底羡慕着,我如果出生在城市该多好哇!那该是怎样的享受呢?可我在城市刚待上一个假期,就开始思念村庄里的生活了。城市里的亲戚,有一个小伙伴儿还跟我来到农村。他十分爱慕田园,从心底里感叹:"田野里真好玩儿,我如果生在农村该多好哇!"我们互相羡慕着,快乐着。后来我才明白,城市和乡村都有着我们童年的快乐,环境并不妨碍我们什么。

一次,我们跑了很远的路到外村去看电影。这个城里的小伙伴儿都是在电影院看电影,从没有走过这么远的夜路去看一场电影。那天晚上,我们到外村看的电影是《向阳院的故事》。《向阳院的故事》里面有一个老爷爷,是向阳院孩子们的辅导老师。他的人生观是那样高尚，感染着我们。后面还有一部电影是《看不见的战线》。我们看着看着竟然躺在石碾子上睡着了，后半夜散场，我们被一个老大爷叫醒。老大爷抚摸着我们的头亲昵地喊："快醒醒，小鸡鸡都丢了，还不知道呢!"我们吓醒了，还真的摸了一下，裤裆里的值钱东西还在，就与老大爷打了一声招呼，高兴地跑着回家了。回家的路上，我们踩着露水，唱着歌，捉着蛐蛐儿，快乐极了。

麦收的时候，我和小伙伴儿在打麦场上跑着，手里攥着刚出锅的大饼，在麦秸垛后面捉迷藏。玩耍到很晚，躺在麦垛上看明净的月亮，心里就有无限的遐想。小伙伴儿问我："长大你想干什么?"我目不转睛地回答："我要当飞行员，开着飞机上天。"后来就真的有一个当飞行员的机会，我却与它失之交臂了。当时我的感觉是享受，是那种给理想插上翅膀的享受。我当时认为自己是天底下最幸福的孩子。白天，我们跟着大人一起，用麦秸编织草帽，或是扎成小牛、小狗一类的玩物。记得我还用麦秸扎过一个草飞机，我十分喜欢，不断把草飞机扔到天上去，它带着我的向往，带着我的思绪飞走了。这时我明白了，向往也是一种享受的形式。我享受向往的奇妙，享受向往的甘辛，一任理想的翅膀随向往的时序更迭，跟着草飞机到遥远的岁月里去。

人间的乐趣很多，唯有童年留给我的最真、最纯、最美。童年是美好的象征，每个人都留恋自己童年的往事，总是乐此不疲地向世人诉说。今天,我也要向今天的小朋友们说一声:别虚度童年。

童年的乐趣还不仅仅是无忧无虑地玩耍,还有对新知识的渴求以及拥有。

记得我在童年的时候,老师让我们做生物标本。我跟着小伙伴儿们到树林里捉蝴蝶,然后把捉来的蝴蝶做成标本,夹在书页里。一次,我找到一只彩蝴蝶,捉住它后慢慢用手将它拍死,用嘴巴将蝴蝶身上白茸茸的毛吹开,再吐上一口唾沫,把蝴蝶贴在窗子的玻璃上,让太阳把它晒干,然后拿到学校搞标本评比。我拿到了第一名。记得老师当场让我描述蝴蝶的模样,我看着彩蝴蝶,用美丽而贴切的语言,描述了蝴蝶的形状,还描述了我们捉蝴蝶做标本的乐趣,最后得到了老师的表扬。这也许就是我后来写作文的前期锻炼。更重要的是,成功后的乐趣是我们以后再创造的前提,这种乐趣是难忘的。

童年时代,认识世界的眼睛永远好奇地睁着。这些探求世界奥秘的眼神,都是我们的乐趣所在。我童年时的一个小伙伴儿,小时候就对庄稼感兴趣,他把麦秸做成标本。如今,他成为我们老家所在县的一个农艺师。童年的乐趣,促成了他后来的爱好,促成了他后来的职业选择。一个人,当乐趣与工作相一致的时候,是很幸运的,也是快乐的。我们的乐趣不光是为了乐趣而乐趣,更重要的是为了享受,在创造中享受快乐,在创造中尽情地享受生活。

摆脱噩梦

如果有人问我，童年时代最害怕的是什么？我可以列举出一串害怕的事情，比如夜晚穿过坟场，滑冰掉进了冰窟得被人救起来，在草滩上碰上了毒蛇，等等。其实，现在回想起来，这些都是表面的惊吓，而真正对孩子心灵构成伤害的是纠缠不止的噩梦。

小的时候，我是个多梦的孩子，因为我聪明伶俐，善于幻想，白天想的事情，夜里就能够梦见。好梦总会渐渐地忘掉，可是噩梦就会狰狞地留下来。我梦见自己被毒蛇缠住了身体；我梦见考试的时候，没有答完题就听见了交卷的铃声；我梦见自己追赶一群大雁，而不幸落入河里。这些可怕的梦，对我的伤害其实并不大，而真正让我难以忘怀的，是"成分"对我的压抑。

小朋友们也许不会明白，我的母亲是农民，我的父亲是干部，我的出身怎么会不好呢？"成分"怎么会高呢？这源于我的爷爷。我的爷爷在天津的一家织袜厂当过老板，家里雇用过几次民工，我就因此被划定为富农成分。

春天终于到了，我推开小屋的窗户，一阵温暖的风扑面而来，一股久违的温馨告诉我:你自由了! 你可以丢掉那个噩梦了! 我打开了一扇季节之门，看不见远方莫测的风雨。地平线迎接我痴迷的追求。可是，就是这个噩梦，使我改变了自己豪放的性格。我的爷爷，有着豪放的性格，可我变得自卑和懦弱。我是一个自卑的孩子，长得瘦弱，不敢唱歌，不敢大胆地说笑。自卑不仅扼杀了我的想象力，而且失常地放大了我的缺点，使我觉得前途灰暗。同时，噩梦的纠缠使我过早地成熟，过早成熟的孩子是不幸的。因为我没有资格享受那个快乐的童年时光。修补我的这些缺憾，得用多少时间啊! 即使用尽我的一生也不会复原的。如果在我长大之后遭遇这种噩梦，那就会是另外一种情形。

让所有的孩子摆脱噩梦，这是我的祝愿。

可是今天，仍然有被噩梦缠身的孩子，虽说不是我那时的"成分"问题，噩梦却以另外的形式出现着。我认识一个孩子，他过去是个很优秀的小学生，尊敬老师和家长，学习成绩也很不错，可自从迷上游戏，就像噩梦缠身一样了。每当下学，他不写作业，而是偷偷跑到游戏厅，玩得乐不思蜀。没有钱了，就跟爸爸要，后来爸爸知道他着迷于电子游戏，就不给他钱了。不给钱，他就偷妈妈钱包里的钱，后来妈妈发现了，就拷问他，他终于承认了。妈妈气得狠狠地打了他:"你个不争气的东西，迷上游戏，还有什么出息?"他看见妈妈流了眼泪。他知道,妈妈已经下岗了,每天到批发市场弄点儿蔬菜,到家里住的小区叫卖。妈妈和爸爸的希望是什么? 在老师和家长的帮助下,这个孩子悔过了,不久,老毛病又犯了,妈妈和爸爸把他关起来。就在被关押的几天里,孩子的精神崩溃了,放出来的时候,呆头呆脑的,总像是被噩梦纠缠着一样。学校为他请来了心理医生,同学们都来看他。是人间的关爱,唤回了他错位的灵魂,驱除了笼罩在他心里的噩梦。噩梦,滚吧! 我们不欢迎你。我们都得承认,在噩梦面前,我们是手足无措的孩子。一个人在成长的路上,很少没有遭遇噩梦的。但是,我们掌握了驱除噩梦的方法,这就是对自己内心的问候。如果生命是一个梦,我们愿它是世界上最甜美的梦,哪怕这个梦很渺小,也是令人欣慰的。噩梦既伤害他人,也伤害自己。既然这样,当我们身边的孩子遇到噩梦缠身的情形,希望我们能向他伸出救援的手。我们的日子,就会照耀着温暖的阳光,就会品尝到生活甜蜜的滋味。

让孩子们每天都静静地入睡,最好没有梦,如果有梦,也是个好梦。美丽的梦和美丽的人生一样,都是可遇不可求的,但我们仍然执着地追求,等待,或寻觅。青春的心永远都是美丽的城堡,贮藏着一些美丽的梦。

受伤的感觉

在我九岁那年的秋天,我的腿受了伤。

受伤的缘由来自我在旷野上的奔跑。美丽的旷野,永属于梦中的仙境。童年的芳草地上,撒下了我那最初浪漫的时光。我喜欢奔跑,我还喜欢在奔跑中捕捉野物,比如捉野兔子。放学后,我背着背篓到野地里挑菜,当时我家养着十几只小白兔。兔子能够卖钱,维持我上学的费用。

黄昏的时候,我的背篓里已经装满了苣菜,准备回家的时候,忽然看见有两只野兔从我身边跑过。我急忙扔下背篓,奔跑着追过去,就要捉到兔子的一刹那,我突然被脚下的玉米茬子绊倒了,右腿被茬头儿扎出了一个小洞,鲜血簌簌地淌出来。我一屁股跌坐在地上,抱着疼痛的右腿,看见野兔在不远处得意地看着我。野兔竖着耳朵,瞪着红红的眼睛,眼里似乎有一股轻蔑的光。我心里有了一种被嘲弄的感觉,嗖地站立起来,抓一把泥土,将流血的伤口堵上，又拼命地去追赶野兔。

野兔看见我追来，也很慌乱地跑着，一跳一跳的。我瘸着腿奔跑，眼看兔子就要跳过水沟了，我急中生智，将手里挑菜的镰刀扔出去，镰刀把儿竟然砸在一只野兔的头部，野兔一头栽倒在地。我终于捉到野兔了，提着野兔，腿也不觉得痛了，心里很得意。后来，母亲告诉我："你是 1963 年生人，是属兔的，对野兔和家兔都要友好，不然要遭报应的。"我笑着对母亲说："您这是迷信，打兔子与我属兔有什么关系呢？"母亲叹口气，摇了摇头。野兔还是被母亲用锅煮了，被我们吃掉了。没几天，母亲的预言果然应验了，我的伤口被泥土感染了，红肿，慢慢就化脓了。伤腿很痛，我已经不能走路上学了。

村医给我的伤口进行清洗、消毒、上药、包扎，最初几天，是母亲背着我到村东的学校上学。五天后，伤口恶化，我已经不能到学校正常上课了。我只好待在家里，专心养伤。我养伤的时候，没人给家兔挑菜了，母亲白天要到地里上工，下工时再挑些菜回来。

一天午后，母亲上工走了，一只家兔跳到我的床上来了，它支棱着小脑袋，静静地看着我，我向着家兔爬了几下，慢慢将它拢在怀里，觉得人与动物是能友好相处的。兔子跟我玩儿着，使我在最寂寞的时光里有了新的乐趣，我后悔自己的行为，心中暗暗想着，以后不再伤害野兔了，也不吃兔肉了。长大后我一直不吃兔肉。

这算一个收获,更大的收获是我变得坚强了。受伤的最初几天,我的情绪很低落,母亲看出我的心情,就告诉了学校老师,老师带着同学来看我。同学小五还举着刚刚出锅的玉米棒子给我吃。同学们的一个微笑、一个鼓舞的眼神,都使我难忘。老师给我讲了一些道理:"人是不能怕挫折的。最美好的事物往往藏在挫折的尖刺中,而那些唾手可得的东西,大都是平凡无味的。你捉到了野兔,受了点儿伤,可你有了收获。这个收获对你是不是很有意义呢?"我静静地听着老师的话,感悟里面的道理。老师还对我说:"病痛并不可怕,可怕的是你的屈服。你要坚强地站起来,就会走进一个新的境界。"他还给大家讲了一个传说:遥远的天边生长着一棵生命树,树上长着一种金苹果。要想获取它,需要经历千辛万苦,甚至是付出生命的代价。只有不畏艰险的人,才有可能得到它,得到它的过程,就是克服困难的过程。

老师和同学们走后,我静静地回味着。困难未必都是坏事情,在困难面前走下坡路,是懦夫;在困难面前寻找解决它的办法,就多了一个成熟的经验和战胜困难的能力。以后再碰上困难,自己就有了一个良好的心态,有了一个坚强的对策。我想到这些,就爬下床自己扶着墙壁,忍着伤痛走到后院,用刀砍下一根树杈,想用它做拐杖。母亲回家看到我正用小刀刮着树皮,问我干什么,我坚定地回答:"我要拄着拐杖上学!"母亲欣慰地笑了,走上前帮忙,还用布条将拐杖的一头缠好。

第二天早晨,我背着书包,拄着拐杖上学去了。我的身子是摇晃的,可我的心是沉稳的、坚定的。母亲望着我的背影,久久地注视着,我回头看了看母亲,冲她笑了一下,继续朝前走去。腿部的疼痛被一股神秘的力量遮盖了,我咬着牙,流着汗,走得很有劲势,走得很有朝气。

在我们的心园中种植坚强之树吧!虽然它的根是苦的,但果实是甜的。

花季里的畅想

春天，煤河两岸的花开了，我的童年也像这迷人的花季。花季是人生中最富于畅想的季节。

小学毕业那年，我的家从谷庄子搬到了唐坊小镇。小镇有一条小河，叫煤河，也叫人面河。"人面"，就是说河水很清澈，能够照见人的脸面。其实，这是一条运煤的河，清朝洋务运动时期，开滦煤矿的煤要用铁路运到丰南县（现为丰南区）的河头镇，再经过煤河运到塘沽口岸出国。后来煤河岸边修了铁路，煤河就不运煤了，成为一条自由的河。河里有很多鱼，夏天，我经常跳到河里游泳。春天的花季里，河开了，大雁飞回来，我和小伙伴儿到人面河旁照自己的脸。我的小脸儿很黑，还沾着泥巴，我弯下腰用水洗洗，然后就坐在河岸旁进行一番畅想。所谓畅想，就是用心想事情，还加点儿浪漫的幻想。我幻想自己变成一条小船，漂到很远的地方，听说它的尽头就是大海。

大海是什么样的呢？大海上的轮船是什么样的呢？记得这是我当时想得最多的一个问题。也许就是因为我对大海的向往，才有了我后来到海边的渔村挂职——当村委会副主任，体验渔民的生活并创作出了我的雪莲湾风情系列小说。当时，我经常观察桃花，看着桃花映在水中的景象，飘飘的、悠悠的，我的脸就映在花丛里了。本应该是女孩儿喜欢的，特别是水中的花，可我也偏偏喜欢花，就像蝴蝶一样梦幻般地在花丛中飞舞着，简直就是一个奇妙的世界。

　　春雨在煤河岸飘洒着，美丽的花瓣含着水珠。我打着油伞，走在河畔的小路上，想着，我什么时候长大呢？长大后能干些什么呢？我感到长大是那么遥远的事情。我猜想自己是永远也长不大的，或许是长大了也还是那样天真。我走着，陷入等待，漫长的等待。雨水毫无倦意地滴答着，打在我的雨伞上，发出"啪啪"的响声，就像一首歌。谁也没有注意到，一个男孩儿正漫无目的地走在雨中。河岸的花丛是一个漫长的隧道，四周没有什么东西可以触摸，只有桃花陪伴着我。

　　其实，人和树都一样。桃树在它的花季里是得意的，可它也有长大的时候，长到它的枝干上长满果实的时候，它是不是很悲哀呢？桃树不开花，也就等于不结果了，那样它的生命也就完结了。任何生命都有它成长的快乐和创痛，这个过程仿佛就像种子的经历，生根、发芽和结果。这个过程避免不了要有伤感，要有四

14

季的等待,要有拼搏的艰辛。想了这么多,是不是有点儿少年老成呢?三毛说:人类往往少年老成,青年迷茫,中年喜欢将别人的成就与自己相比较。别人比自己差了,自己就会有几分得意;别人比自己高了,自己就会有几分失落。我现在觉得她说得有道理。

我在那个年纪,真是个胡思乱想的孩子。这种胡思乱想或许叫畅想的勇气,勇气是很可贵的。想的勇气是没有形状、没有声音的,所以它才可贵,如果人失去了想象的勇气,再有智慧和仁爱也是枉然的。我想,畅想也是少年的一种生活方式。花一样的年纪里没有畅想,长大后,面对生存的压力,畅想的翅膀就飞不起来了。

当时我刚刚搬到小镇,住在一个叫董树来的人的家里。这是我家租的房子,我家的新房还没建起来。董家有一个男孩儿和一个女孩儿,男孩儿像女孩儿性格,女孩儿则像个假小子,爱打爱闹的。我与这个男孩儿能够玩儿到一起,因为他也是个喜欢畅想的孩子。我看见他趴在窗台上,静静地看着窗外的桃树和细雨,连一只鸟儿落在房顶上,他都能听到。他总是这样,我喊他,他也不动。我不能打断他的思路。我只有暗暗猜想,他究竟在想什么呢?他与我畅想的问题一样吗?孤独的少年可以从畅想里得到温暖,也可以从自己对未来越来越清晰的认识中得到温暖。我与自己进行了无数次的对话,少年的我与成年的我,肯定的我与否

15

定的我,高兴的我与痛苦的我,活泼的我与木讷的我,这些不同的我不断战胜自己,缔造着我的性格。

后来,我与房东这个喜欢畅想的小男孩儿有了交流。我问他:"你为什么不爱笑?"他说笑没意思。我想,他是怕暴露他的满口龅牙吧? 然后我就问他:"那天在雨中,你想什么呢?"他没笑,淡淡地回答说他什么也没想。我说,没想就是想了。然后他说出了自己的真实想法。他说他在雨中有个幻觉,觉得自己变成了蝴蝶,飞呀飞,飞到很远很远的地方。我笑了,他畅想得很浪漫。

我和他一样,也是一个喜欢畅想的男孩儿。在畅想中,我们可以上天,也可以入地。畅想是少年时期无法躲避的事情,是我们成长过程中的一部分。假如对畅想运用得当,我们还会成为一个很好的童话作家。畅想对自己本身的功能是,融化自己胸中的郁积,照亮人生其余的旅途。经历一段痛快的畅想后我们可以更加聪明,可以更加机智,可以更加活跃。当然,也可能更加失望和孤僻,但这是少数行为。

所以,我不想让所有的畅想左右自己。

当然我也不想把所有的畅想都付诸实施,那是徒劳的。畅想让我知道,生活多么不可预测,又是多么奇妙。少年的生活就像花季。花季也同自己的季节一样,春夏秋冬,花开花落,有阴有晴,是我们生活中的一部分。不要把促使我们寂寞的罪过都归于没有好的畅想,没有畅想,还要吃得好,睡得香。要经常鼓励自己,因为谁也不会永远拥有奇妙的畅想。但有一点儿畅想就够了,因为没有畅想,少年生活是不完整的。

今天我回到故乡,又走在煤河岸边,当年的畅想没有了,怎么使劲儿回忆,那些记忆都是残缺的,永远不如当年美好,不如当年激动人心。我想,少年时期的畅想对人生来说只有一次。小朋友,珍惜吧!

少年杂记

眼下，人们总是盯着尚不确定的明天，常常忘记了昨天。其实静心一想，昨天更值得珍视，特别是少年时代。那是一个清纯多梦的季节。我觉得那时的童心，好比一颗水晶球，晶莹透亮。一个梦、一则故事，都是热爱生活、忠实于生命的，为我们的未来孕育着力量，将五颜六色折射到自己生命的每一个角落……

我出生在河北大地的冀东平原。童年和少年是在一个普普通通的小村度过的。小村叫谷庄子。村头是一片片的麦子、棒子和高粱，从县城河头发源的一条煤河从村头流过。听爷爷说，这条河是洋务运动时挖的运煤的河，河头镇的上游是开平镇。开滦煤矿的煤由这条弯弯曲曲的煤河运到天津塘沽口岸。

少年时，放学后，我和小伙伴们到煤河岸上玩儿，与岸上的古槐友好地相处。我的心在河边等待，长时间地寻找煤河诉说的童话。我记得，河岸上没有花，只有杂草，找不到鲁迅先生《从百草园到三味书屋》里的浪漫。当时很穷,我在河堤上挖野菜,带回家让妈妈做成菜团子吃。少年时曾天真地亲吻自然,尽管那么困难。记忆最深刻的那个故事,培养我成为信念的赢家。

奶奶的故事讲述着,早年间的某一天,煤河上漂来一条小船。从船上走下一位瞎眼爷爷和一位小姑娘。他们是说书艺人,到我们村里说鼓书。本来他们就挣不了几个钱儿,瞎眼爷爷又病了,愁得小姑娘直哭。村里人就将老爷爷送到县城河头镇的仁慈医院。谁知仁慈医院并不仁慈,见他们没钱,就将爷孙俩赶了出去。瞎眼爷爷熬到冬天就撑不下去了。老人在弥留之际,吃力地从怀里掏出一个写满古文的黄手帕,塞进小姑娘手里,断断续续地说:"孩子,你把它留在身边,等到大年三十的那一天,你要是缺啥,就跟它要,它会给你的,会给的。"说完,瞎眼爷爷就咽气了。小姑娘接过黄手帕,悲恸极了。从此,她带着黄手帕沿煤河串村乞讨,等待大年三十的到来。到了大年三十天,无依无靠的小姑娘就像丹麦作家安徒生的童话《卖火柴的小女孩》中可怜的小女孩儿那样,孤零零地躺在雪地里,她红肿的小手紧紧地抓着怀里的黄手帕,虔诚地祈求黄手帕显灵,给她带来房子和粮食。可是,没有,任她千呼万唤,飘在眼前的还是那只黄手帕。小姑娘绝望地哭了,她失去了生存的力量。是我们村里卖烤白薯的白发老汉抱回了小姑娘,养活了她。她想念爷爷,又恨爷爷,黄手帕显灵是骗人的。而真正降福给她的是那位卖烤白薯的老人……

听奶奶讲这个故事,是在我的少年时代。就在那时,听到了破除封建迷信,呼唤人间真爱的故事。它一直教育着我,这世界的救世主就是我们人类自身。米兰·昆德拉说:人类一思索,上帝就发笑。真有上帝吗? 今天我回忆的这段故事,是少年时代的我人生信念的启蒙。在现实中告别的,都在回忆中相逢……

人的生命就像我故乡煤河岸上的槐树,用奋斗的汗水与泪浇灌成长。它忍受着季节的绿肥红瘦,终究不曾低头。乞讨和等待是徒劳的,只有拼搏才能找到笑看天下的山峰。少年有苦难,也有许多希冀。我时常回想那时,就是要告诉自己珍惜今天。人生光阴的一段长河里,有一瓣恒久的馨香。

少年时代,透明的生命。

吃麻糖的乐趣

唐山的麻糖有一百年的历史了。

冀东平原的丰润县(现为丰润区)一个叫左家河的小村庄,是唐山麻糖的原产地,到过唐山的人,都知道品尝这样一种食品,除了自己吃,还带给家人。特别是孩子们最爱吃了。记得小时候我第一次吃麻糖,点缀在我无数个平淡的日子里,感受着缤纷如花的乐趣,排解着我的寂寞和孤独,那种甜美就像找到了思绪飞扬的地方,滋润着我充满幻想和憧憬的童年。

人生的道路上,总会不断地生出许多乐趣,吃上一种喜爱的食物,也应该算其中的一种吧?又比如,喝上一杯美酒,或是听上一段音乐,或是游览仙境般的美景,这些都是享受。但对于我来讲,吃麻糖的享受是独特的。

唐山麻糖的原料是蜂蜜和面粉。蜂蜜不仅甜,而且还是极好的药品,比如,大便干结了,吃上几口麻糖,立马就顺畅了。面粉做成的薄饼浸泡到蜂蜜之中,显得极薄,一层层,一片片,放在嘴里一咬就流油,轻轻一嚼,满口甜香,爽得很。

小时候,父亲把麻糖带到家里是让我们度过饥荒的,吃的时候,哪怕掉下一个小片儿,也要小心地捡起来放进嘴里,吧嗒着味道,还用舌头在嘴里打个卷,想让这美好时刻长久留在嘴中。日月如梭,现在回想起来,也许当时并没有什么特别的乐趣值得好好享受,甚至还埋怨自己周围生活的单调、枯燥,或是责备自己的幼稚、不懂事。可当我们长大之后就会马上发觉,自己的生命中有一个很大的遗憾,那就是没有好好享受吃麻糖的乐趣。

现在生活条件好了,吃麻糖也许不算什么了,但让我最难忘的可能还是童年吃麻糖的时刻。童年对于我们每个人来讲只有一次,就像我们的生命一样。当我们需要享受它的时候,因为无知,童趣被岁月的风吹散了。当我们回首往事,懂得它的珍贵了,却岁月已逝,光阴不再。吃麻糖的感觉让我回味着童年往事。吃麻糖是一种享受,享受是快乐的;快乐是一种感觉,也是一种选择,它与财富、门庭和环境无关。那时,我们的生活很艰苦,可它毫不妨碍我们吃麻糖的童趣。

我生活的小村,是冀东平原上一个普普通通的村落,没有公路,离麻糖的产地丰润县左家河村有百余里。当时我听说过这个小村,还听说麻糖已经不属于这个小村了,麻糖已经十分有名,算是唐山的一大特产。我跟随母亲第一次来到唐山市,是在小学四年级的时候。我在城里待了一个假期,吃了很多的麻糖,牙都吃成虫牙了。牙痛的时候,母亲就埋怨我说:"麻糖好吃也不能吃顶了,牙不要了吗?"我额头淌着汗,母亲赶紧把父亲喊回来。父亲带我到医院看牙,医生问我爱不爱吃甜的,我毫不犹豫地说爱吃麻糖。医生笑了,叮嘱我不要吃太多,那时候没有糖尿病的恐吓,但是有虫牙相威胁。我的牙就是当初吃麻糖给吃坏的。后来镶牙的时候,我真有点儿后怕,但是我没有对麻糖产生一点儿厌恶,我喜欢吃麻糖时的享受。

曾经一个小伙伴儿问我:"你最爱吃什么?"我毫不犹豫地回答:"我最爱吃唐山的麻糖。"那个小伙伴儿笑了,说他也爱吃这口儿。而当时不是想吃就能吃到的。后来在过年的时候,我俩都不吃饭,把一盒麻糖给偷吃了,吃得满嘴流油。我当时感觉那是一种享受,是满足身心的享受,现在回想起来觉得有点儿没出息的意味了。吃麻糖的时候,我认为自己是天底下最幸福的孩子。记得当时我还用麦秸编了一个麻糖篓子,偷偷珍藏起来,它带着我的向往,带着我的思绪飞走了。我突然明白,向往也是享受的一种形式。

如今有人把"吃"定位在文化上,"吃"文化很盛行。今天生活条件好了,"吃"也越来越翻着花样。我想起自己过去吃麻糖的样子,常常偷偷笑起来。人间的乐趣很多,唯有童年吃麻糖留给我的乐趣最真、最纯、最美。这与童年有关,童年是美好的象征,每个人都会爱上自己童年的故事,总是乐此不疲地向别人诉说。今天,我还要把吃麻糖的事情乐此不疲地写成文章。

后来,我亲自到唐山的麻糖厂看了看,看到车间里生产麻糖的女工,我想到了生活的甜美,女工们的微笑像麻糖一样甜蜜。听厂长介绍,市食品公司的下属企业里,麻糖厂是最红火的。如今,麻糖已经成为唐山最有名的特产,产品分为几等,畅销到台湾、东三省、山西、河南和北京等地,还出口到东南亚、韩国和日本。麻糖系列产品如今是供不应求了。麻糖已经成为唐山人珍贵的寄托品,比如,在纪念唐山抗震救灾二十周年的时候,当年上海医疗队的医生来唐山慰问,上海医生在地震废墟上亲手接生的双胞胎孩子如今长大了,他们为了表示对上海医生的感激,特意买了八盒唐山麻糖来到地震纪念碑广场送给上海医生,上海医生接过麻糖,很激动,说一定带回上海让家人品尝。麻糖已经成为唐山人传递情感的纽带。现在每到过年过节,每家每户都要买一些麻糖,当作礼物送给亲戚朋友。每到过年的时候,我也专门买来麻糖,坐在桌前慢慢品尝,享受吃麻糖的乐趣。

吃麻糖的乐趣还不仅仅是吃,还有对麻糖知识的渴求以及拥有。认识世界的眼睛永远好奇地睁着。这些探求世界奥秘的眼神,无一不是我们的乐趣所在。我们的乐趣与爱吃的东西相一致的时候,是很幸运的,也是快乐的。我们的乐趣不光是为吃而吃,为乐趣而乐趣,最重要的还是为了享受,在创造中享受,在创造中尽情地享受生活。享受意味着什么？过去我们提起因吃而享受的时候,总是与世界观联系在一起,被说成是小资产阶级情调。如今,我们的心灵解放了,把有关吃的"享受"按人性原则复原了。这样,我们就能把身边无数看似因吃而享受的事情信手拈来,尽情品味五彩斑斓的生活。我相信,任何享受乐趣的行为中都包含着甜美的回味。唐山麻糖,它似烟,它似雾,一丝一缕缠绕着散去又归来的甘甜,我们要珍惜品尝麻糖的每一天,把美好的日子装进麻糖里,挂在眼前欣赏。

我心中的月亮

十二岁的月亮对于我来说只有一次。珍藏少年心中的一个月亮，就像是珍藏一个多彩的梦。

我听到一个童谣："月亮月亮跟我走，走到河边去洗手！"校园北面有条小河，河水是清澈透明的，在傍晚的树下，可以看见映在水中行走的月亮。撩起一缕水波，洗洗手，再细细地看，月亮变换着它的图案，有时像只玉兔，有时像只火球，有时像座山峰。感觉好的时候，月亮就像一艘白轮船，带着我遨游世界，我的思绪跟着它漫游，胸中的血液热热地涌动着。

月亮里珍藏的是我少年的理想和梦幻。在我情绪低沉的时候，月亮给我增添一点儿鼓励。当一天的学习或劳动结束后给我带来疲惫的时候，看一眼月亮，就会给我增添一点儿力量。那是比心更光洁的地方，也是比心更深的地方，月亮会忽然变成流淌的小溪，伴随你到天涯海角。在漂流中我们采集着梦幻，你若流泪,月亮也好像湿了自己的脸;你若高兴,月亮的脸也总是笑着,笑着。

语文老师让我们写日记。好像就是从这天开始,我开始有了写日记的习惯,第一篇日记就是从写月亮开始的。我的日记先是让老师看,后来让爸爸看。日记已经丢失了,但是在当时,着实慰藉了老师和父母的心。

看月亮能够锻炼我的心态。烦躁的心,在忘我的注视中得到净化,获得宁静。注视月亮,而不使自己心虚,需要少年的真诚;若要摘取月亮,需要正直的人格、善良的心地、开阔的胸怀和真挚的情感。一个月亮就是一个世界,一个月亮就是一个火热的心灵。我赏月的时候,听到了一缕琴声,那是学校美丽的女教师弹奏出来的。日子与日子重复而过,月亮与月亮重叠隐退,梦与梦擦肩而过,我淡淡的忧伤,我遥远的思念,我无边的畅想都随着伴我游走的月亮升华,就像升起的一轮光环,是我漫漫长夜的灯塔。

月亮的光静静地洒在我的头上、肩上。我还有什么不满足的呢? 记得妈妈说过,我出生的那个夜晚,月亮很圆、很亮,看来我走不出月亮的关爱了。其实,妈妈说,我出生的时间是早上六七点钟,当时月亮刚刚隐退。这样,我追求生命的诗意和音乐的时候,就永远离不开月亮,在匆匆而过的时间里,我学会用手掌捧起月亮,不让美好的东西从我的指缝里漏掉。

有一个夜晚,我从地里背着棉花回家,天上没有月亮,好像是被云彩给遮蔽了。我不断地抬头找月亮，却很失望。我盼望着雾气快快地消散，还给我亮亮的月亮，可是雾气并没有理会我。我吃力地走着，感觉自己背上背着一个月亮，身边往家走的牛也驮着一个月亮，我眼前的月亮无处不在。

月亮会抹平我生命的每一次失意或痛楚。我痛苦的事情是什么？眼下回忆起来，有许多，可真正记忆深刻的还是一次考试的失落。初中第二年下学期，有一次，我的数学考得很差，没及格。我一直隐瞒着这个消息。可是有一天，郭子清老师把我的数学成绩告诉了爸爸。爸爸把我叫到跟前说："你还要前途吗？你还是个上进的孩子吗？"妈妈坐在旁边叹息。我像是当头挨了一棒，自己辩解说："这次的数学考试题太难了。我平时不这样，我能考好。"爸爸严厉地说："我们没有逼你，只是让你用上自己的全部力量学习，你知道，我们家的出身更改了，你不是富农的后代了，你可以与其他的同学一样了，你为什么不争气呢？"我听懂了爸爸的话中话。是的，我前面说过，出身的问题一直是笼罩在我头顶上的噩梦。如今，经过爸爸多年上诉、找领导，终于把我们家的出身问题解决了，我也根红苗正了。还有什么理由不好好学习呢？

我看着月亮自责着。月亮告诉我，一切都是由于我贪玩，没有压力所致。过去我有压力，压力的背后就是动力；我今天的压力没有了，那么动力源自哪里呢？我看见月亮沉下了脸，好像也在责备我,我不敢看月亮了。

从此,我在月亮的关怀下默默地学习。数学,是我主攻的对象,这个差距,直到我升到高中,才慢慢追赶上来。月亮朝我微笑的那一天,我才能看着月亮安眠。月亮的光辉照耀着我追求的每一个脚印,每一滴汗水。我重新得到了月亮的抚慰,人生还有比这更让人激动的事情吗?

月亮啊月亮,你跟我走吧!请你继续关爱我,我的事业,我的激情,还没有燃烧完,路还可以看见,尽管我越走越远,当世间万物在暗夜里消失,我还会在月亮落下的一刹那,看见黎明太阳的闪光。童真浪漫的时光过去了,可我依然渴望自己拥有月亮的梦!

乡村牧歌

唱一曲严峻的乡村牧歌

生命是一条河,乡村便是每一条河的源头。乡村作为我们的背景和摇篮,滋养着乡人。就是远离土地的都市人,也挣不掉与乡村脐带般的深远牵系。作为本土作家,感受了乡村的苦难,也谛听到了乡村变迁的脚步声。感受乡土那种一触即发的疼痛,也会看到土地上澎湃的生命和生机。当生活激活我的想象,我便感到创作不仅仅是兴趣,一切有关乡村的叙事,便有了一份深重,多了一份亲情,添了一些责任。

中国是个农业大国。文学的眼睛永远凝视这片土地。让文学紧跟时代步伐,根植于人民和大地之中。这些真理性的口号,我们喊了多少年了?时代主流在哪里?生活的本质是什么?恐怕每个人的理解都不一样。社会转型时期,农民的精神痛苦与矛盾是丰富而有况味的。乡村历史与现实、新与旧之间相互纠缠、渗透和挣脱,使我茫然。几年前,我进行雪莲湾风情系列小说创作时,试图在乡村多情的沃土上挖一眼小井。1991 年春天,我从城里到渤海湾涧河村挂职深入生活时,想将这里的风情写得清丽些,可是渔民生活的艰辛和岁月的沉重,迫使我不能太轻松。真正走进农民中间就会发觉,个人的孤独悲哀微不足道。时代与社会的联系十分突出。如今的乡村是日新月异而又充满诱惑的世界。中国社会成员大多是农民,就整体来说,他们仍然是活得最苦的一部分,对于急剧转型的商品社会,他们缺少思想准备和心理承受力,他们不能一步入阁,走向真正的富裕,却失落了文化传统秩序,每前进一步,都是以道德和精神沦丧作为代价的。乡村开始零乱,脚步匆忙,为生存奔忙的个体身影变得飘忽不定。无论是坚守乡土进行变革的农民,还是弃农逃离家园闯荡都市的农民,都在经历着一场从没有过的灵魂的震荡与洗礼。农民问题,一直是社会重要而敏感的问题。关注人类的文学理应表现他们的心声。可有时,当月亮升起来的时候,我们常常看到它的残缺。农村改革解放了生产力,可是乡村又不断出现干群矛盾激化、产销失衡、打白条子、盲目引资、资源浪费、新的浮夸现象以及出国热、进城热等问题,给社会提出各种难题。我们茫然,无法理解它,但要正确把握它。这些严峻的问题并不能剪断我们的乡村情结,谁也无法否认,乡村正在发生着巨大的变革。我们还是发现弯曲绵长的乡路上开满鲜花,把对土地的深情歌唱还给乡土。乡村的新故事酝酿着新的生命力,乡村温情的童话展现在自然的怀抱中。农民的淳朴、坚韧，乡村变迁的脚步声，虽然充满悲怆的情调，但是人与土地的美质熠熠生辉。这里，道德的评断和审美的评价代替不了历史的评价。作为乡村文化的最后光环，正随乡镇企业的发展和道德演变而变化，既写出了中国老一辈农民辛劳而盲目的生存奋斗史，又透示出一种历史发展的必然景观。文学，虽然不能够一一解决农民问题，但是它应有的步骤和形式，以血肉丰满的农村新人艺术形象，向农民的生命意义、生存状态发出凝重的叩问和深情的呼唤，其深隐的意义就不仅仅是乡村自身了。我们对乡村与土地的深情与理解，会拓展文学的表现空间。大地的丰厚意蕴，孕育并导演着我们的种种人生。沸腾的现实生活总是将乡亲们纯朴自然的乡土状态打破并造就特殊的人生规则。乡村的四季，一块块土地解冻，又有一块块土地冻结。我们的创作从海上走到平原，在故乡的大平原上，我们看到热土也看到了冻土。1995年秋天，我跟踪了一家乡镇企业破产全过程，有了一些想法，也听到一些农民企业家的心里话。农民企业家和乡镇企业的工人面对破产与城里人不一样，因为他们还有土地种。同时，我回老家给母亲的口粮田办过户手续，二叔在村里截住我，让我帮他到县城告状。二叔是村里的售棉大户，他说村里又要重新分地了，他与村里的包地合同作废了。细一问，我才知道，有两部分人还乡：一部分是破产乡镇企业工人，一部分是进城打工人员。他们在九月里还乡是奔土地来的。我没能待到分地那天回城,二叔也跟到城里。我带二叔去县政府,到了县政府门口,二叔扭身不进了。他湿着眼睛说:"咱不告了,都得有碗饭吃吧。"我记住了此时二叔痛苦的脸。在年根儿,我听母亲说二叔一冬天都在开荒地,仿佛听到了一种悲怆的声音。冻土是博大的,冻土又是残忍的。冻土与热土的衔接点上,嵌有传统与现代相递嬗的瞬间景象。

今年秋天,又有关于土地的消息传来。县城北关的一个村,上企业、卖耕地。耕地竟被南方几户农民买走。我去后才知道这几户温州农民曾是给村民打工的。今年企业破产,村里农民又从温州农民手里租地种,在自己的土地上给别人打工。与我同去的一名记者感叹一声"农民啊!",他这一叹,促使我在村里多住了几天。

我曾对朋友说:"今年是我大开眼界的一年。"我有幸过长江,到了南方珠江三角洲的南海罗村,看到了经济发达的乡村。7月份,我又有幸到大洋彼岸的美国,看到了美国的乡村和美国的农民。在汽车里,坐在身边的陆天明兄问我:"看到窗外的美国乡村有何感觉?"我一时找不着感觉,只说:"这成片的庄稼地里看不见劳作的农民。"我还看到了美国农民用大片耕地搞装饰。肥沃的小山上,有美丽的小房子和一棵茂盛的大树,余下的是一片草坪。我说:"人家人少地多,我们人多地少,先吃饭才能去想那片美丽。这片美丽好像与我们无缘。"回到我们河北的乡村,再全面清醒地认识我们的改革、我们的土地和我们的乡亲。这时才看到，深入生活不能盲目地深入，还要头脑清醒地跳出来。对生活的亲近和距离都是文学所需要的。深入生活的过程，也是我们作家自身成长的过程，特别是青年作家。

面对现实的写作，是需要现实精神的。有人说，就农村题材作家而言，现实精神就是土地精神。中国乡村的土地精神是什么？回望田园的早晨，万情涌动。时代没有摹本，只有无穷的精神。文学需要承接这种精神，背负这种沉重需要亲吻大地。抒写人间情怀，透视时代变革的辉光。

我觉得拥有土地的人，是最富有的人。土地上成熟的果实是根和叶，即使流水冲走了叶，还会留下根的。过去热情单纯的预期，一再让我们误入歧途。丰厚的生活需要精美的艺术形式，但内容和形式却是不可分割的。我们怎样看待"生活流"，站在时代、哲学和美学高度穿透生活，把握生活？为了这个目标，我觉得自己还需艰辛的努力。

现实精神，一直像火炬，在我们的土地上冷静地燃烧着。它能照见坚韧的民族心性，也能触摸到农民劣根的精神内核。源于生活的文学必然孕育着、生长着，因为土地永存。带着乡愁的情结寻找家园，我们想唱一曲严峻的乡村牧歌！

对土地和农民的牵挂

加入世贸组织,对土地和农民有怎样的影响呢? 早春季节,土地解冻,我到冀东平原的农家走了走、看了看。

我看不到梦境里美丽的田园童话。看到的是满脸沧桑的父老乡亲,看到的是平原上刚刚萌绿的冬小麦,还看到对诚实和坚韧的无声挑战。土地和农民,这是两个不同寻常的词。多少年来,我们看见土地和农民就想用很浪漫的诗句赞美一番。"啊,土地! 我的母亲!"如果让我们真正留在土地上当个农民,恐怕就不那么轻松了,对"母亲"也有点儿不孝了。最近在农村调查,家长和子女愿意当农民的是百里挑一。有的农民把一生全部的汗水,都浇灌在自己的土地上,唯一的希望就是把自己的儿女送到城里。为什么? 土地的沉重,农民的艰辛。为了摆脱穷困的命运吗? 还不仅仅是这样。在一户农家,我同他们说起了这样的话题。有个农民回答得很机智:孩子离开农村,那叫有出息! 他有了出息,才能说明土地的价值。土地不仅仅是产粮食的,还能生长有血有肉的好秀才,不是吗?另外的一种说法,就与上面不同了。他干脆说,是上辈子作了孽,上帝才惩罚他这辈子做农民。我问他为什么这样说,他说:"世界上活得最苦的总是我们农民。"

我原以为,北方农民对加入世贸组织不会有强烈反应的,谁知是我低估了他们。一个承包稻田的农民说:"听说就要加入世贸组织了,我们真不知道怎样种地了! 换句话说,我们种什么才不会破产?"我对他的话感到震惊,感到茫然。他们对加入世贸组织的恐慌是不是捕风捉影呢? 后来他们说的一些常识,使我明白,他们已经不是传统农民了,有的家里甚至有电脑,还上了互联网。他们说,知道加入世贸组织后,对于粮食、油料生产会带来不利影响。因为粮食和油料这些生活资料本身生产就难,农民收入增长缓慢,甚至是负增长。一个年轻农民还对我说:"加入世贸组织后,我们吃的馒头,很可能会是用美国白面做的。"

说这样的话有什么根据? 回来后,我查阅出一些可靠数据:今年我国的小麦减少了百分之二的播种面积。又经历了去冬今春的干旱,预计北方冬小麦的产量只能维持在上一年的水平上。在世贸组织的谈判中,撤销了对美国七个州的粮食进口禁令,给国内小麦价格带来了压力。长期以来,国家在小麦收购上实行保护价政策,使小麦价格 一直坚挺,掩盖了小麦市场供大于求的真实情况。那么,加入世贸组织后的粮价会不会暴跌? 我们可以做些分析。比如,我国国内粮食产量为五亿吨,而世界粮食贸易总量才为两亿吨。把全世界的两亿吨都拿到中国来,也养活不了我们,中国人还是要自己养活自己。我们这样自给自足的大局面不会受到太大的冲击。

当我回到老家,见到乡政府经联社的一个同学,他对加入世贸组织后的农民生活备感忧虑。他说:"加入世贸组织对农民的影响是不会小的。几千年来,我们沿用的是'精耕细作'的传统生产方式,生产成本过高。我们还将逐步失掉农产品的非关税手段,而国外是低成本的规模农业,我们光吃苦耐劳是不顶用的!现在农民们还不知道,那时会是什么样的局面!骑驴看唱本——走着瞧吧!"

那么,加入世贸组织后究竟会给我们的农民带来什么样的机会?专家说,加入世贸组织将逼迫我国加快农业市场化和产业化,它将是一个猛烈的催化剂!农业流通领域也感到市场机会多了,农产品交易扩大了。我们的农民知道吗?我在一家菜农的地头,得到了答案。他们不仅知道,还抢先去做了。据菜农讲,他近年多亏没种小麦,全部种菜。我们的水果、蔬菜是有市场的,一年他就获利三万元。他还对我说,他到过山东的一个种菜县——寿光,蔬菜出口以亿元计。市场农业里,比如水果、水产,包括肉类都是劳动密集型产品,在这些地方我们有不同程度的竞争优势。在农村深化市场改革,使农民的行为建立在长期稳定的政策预期基础上,使我们尽快进行结构性调节,政府要给农民提供信息服务。我们的农民素质能够跟随残酷竞争的时代车轮吗?我们的土地还能一如既往地奉献母爱吗?站在世纪之交的大平原上,我们常常忧心忡忡。我们的农业有一些先天不足,比如规模小、农民文化水平低、信息收集困难。他们有人还依赖着旧体制,伸手向上要钱、要政策,而面对大市场则束手无策。这就需要我们的政府提供服务了。

在长期的农业文明中,农民聚族而居,相依相帮,温暖而闲适。古老和谐的农家亲情,一直是我们这些走出乡村的游子的精神慰藉。市场经济对这些融乐氛围的破坏,是有目共睹的。农民之间越来越隔膜,道德水准在下降。当然,这里有些东西是陈腐的,应该抛弃。可是农民命运的沉浮和他们的心理变迁,在这一时期表现得大为真实生动。在新的躁动、分化和聚合中,会孕育成熟一批植根农村、富有远见、掌握科学、敢于冒险的新农民。

农村呼唤科技,但科技也挤压着农民的生产空间。我们的农民还知道了转基因技术。目前的转基因技术还带有一定的不确定性的风险,可与大量使用带毒性的化学农药相比,这种取之自然物种的方法注定是先进的,更加贴近自然。

土地也要做出回答。耕地大量沙漠化的严重威胁,为我们敲响警钟。每个时代都要对土地做个包装。旧时代的农村,村村都有土地庙,农户里供奉着土地神。农历二月二就是土地爷的生日。我小时候，就见过爷爷亲手做的一个土地爷像。土地爷头戴乌纱帽，身穿大红袍，俨然一个小判官。爷爷说，他这官小得不能再小了，可是他的权限又大得不能再大了。人类懂得栽培谷类及其他植物的时候，土地就获得了神圣的地位，对土地的任何不恭，都会受到捉弄甚至惩罚。

我在一个村子听到这样一个故事：这个小村的农民是勤劳的，自1992年大开发后村里来了一些出来打工的温州农民。有一对温州夫妇带着他们的漂亮女儿给村民割稻子、收小麦。这时，村里的橡胶厂红火了，一些农民感到自己的村庄要城市化了，被眼前金钱所诱惑，纷纷抛弃土地奔向工厂，求温州夫妇承包自己的土地。于是，温州夫妇如愿以偿廉价获得了土地，承包合同是十五年。温州人的勤劳和精明，使土地活跃了，而且他们的女儿也已长大，成为一个网上农民。大量的信息从网上获得，使土地有了产业化的富足。此时，戏剧化的情形出现了，两年后橡胶厂破产了，农民想回到自己土地上的时候，已经没有耕种的空间了。于是，他们就痛苦万分地给温州人打工，而且是在自家的土地上。他们眼睛红了，很想夺回自家的土地。给温州人打工七年，也抢了七年土地，因为土地还造成了温州姑娘和本村青年的爱情悲剧。在政府的协调下，他们终于在新世纪的春天夺回土地，又听到即将加入世贸组织的消息，有些农民竟然不敢接受属于自己的土地，陷入无边无际的痛苦之中。就是在这痛苦中，全新的农民从青纱帐里走向大市场。这些发生在土地上的故事,使我陷入深深的思索中。谁是土地的主人? 农民和土地是怎样的关系呢? 我把这个故事,写成了一个中篇小说《平原上的舞蹈》,在××年《十月》杂志第三期上发表出来。

狼来了? 没那么可怕。暴风雨来了? 也不贴切。反正,农民和土地正在经历一场艰难的蜕变和考验,说明从传统的农业文明向现代的工业科技文明的过渡开始了。震荡必然是强烈的。这要几代农民的劳作和奋争,才能诞生新的产业农民。正是这样的风雨,牵动我们每个人的乡愁情绪,对土地和农民的情感,常常使我们的创作陷入泥土。我们的创作是不是也要从泥土中跋涉出来呢? 中国传统农民的最后消亡将是很悲壮的一幕,我们有责任记录这个悲壮的瞬间,在我们的文字里,给他们立一块纪念碑吧!

田野上的婚姻

这里的农民管插足的第三者叫"野秧子"。冀东平原的庄稼地里，有一种最低贱的农作物，那就是糜秧子。糜秧子秆儿很细，像尺状的草。

我们的村主任刘文才就碰上"野秧子"了。这是 1976 年的夏天，公社放映队来村里放映影片《侦察兵》，看电影的人很多，连过道上都站满了人。村主任刘文才看见一个影迷姑娘，双手扒着栏杆张望。姑娘拉住刘文才的胳膊，求他把她带进去。姑娘叫罗小月，白净脸，大眼睛，长辫子，长得很媚。刘文才就跟她好上了。后来的一些日子，罗小月与刘文才来往密切，眨眼工夫，就成了刘文才的"野秧子"。

刘文才得知罗小月是村办小学教师，他男人的激情，一下子被罗小月调动起来了。以后，刘文才每次带罗小月到玉米地偷情，都带上一卷儿凉席，身上抹一层避蚊油。那个晚上，天气出奇

44

地燥热。罗小月摇着蒲扇来电影院找刘文才,刘文才正在布置夜里民兵拉练的事儿,他隔着玻璃看见罗小月,一看到她的眼神很亮,就明白夜里有什么事情要干。刘文才走出去,跟村里的民兵连长苏大卫说:"老苏,我今天请个假,我得安排学雷锋的事儿。"

苏大卫看了看他说:"拉练重要,学雷锋同样重要!你去吧!"刘文才跟苏大卫握了握手,感激地说:"谢谢你啊!哎,你们今天的拉练路线是——"苏大卫随口说:"城西!"刘文才在心里记下了,拉练的民兵什么时候出发的,他就不清楚了。

十一点左右,天气还是闷热。刘文才悄悄将那卷儿小凉席抱出来,绑在自行车的大梁上,然后驮着罗小月往城东去了。刘文才选了一块高粱地,高粱秆儿细,里面通风条件要好一些。刘文才弯着腰,用脚将垄沟的土踢平。罗小月还采了一抱野草,摊平铺在地上,这才把凉席铺上去。罗小月躺上去,笑着打了一个滚儿,就紧紧抱住他的脖子,将小嘴儿对准他的嘴巴,刺溜一下,把自己嘴里的水果糖送进他的嘴里。刘文才吧唧着糖果,浑身就胀了,野野地将罗小月扳倒,解她的衣服。

这时,刘文才和罗小月还不知道,苏大卫率领的拉练民兵已经把他们包围了。在地头儿,苏大卫用手枪指着那片高粱地,大声喊:"同志们,前面就是敌人的碉堡,一排从左,二排向右,三排直插!端掉敌人的炮楼!冲啊——"民兵们唰地散去,猫腰冲进高粱地。

苏大卫看了看夜光表,蹲在地头儿吸烟。过了一会儿,二排长颠着碎步跑过来报告:"报告连长,我们今天真抓到两个敌人!"

苏大卫一愣,急急地跟二排长冲进高粱地,看见正穿衣裳的刘文才和罗小月,刘文才低着头,站在凉席上穿裤子。苏大卫不由得吸了一口凉气,不知怎么开口了。

苏大卫让民兵们撤出高粱地。刘文才瞪了苏大卫一眼,埋怨道:"老苏哇,老苏! 咱哥儿俩无冤无仇,为啥把兄弟往死里整啊!"

苏大卫跺着脚说:"村主任,你说是请假学雷锋,我哪儿知道,你跟这儿找野秧子呢!"

刘文才说:"你不是说在城西拉练吗?"

苏大卫叹道:"我们是到城西玉米地了,可他娘的刚刚浇了水,根本进不去呀! 我才临时改变方向。"

刘文才看了看罗小月。罗小月并不怎么害怕,拍了拍衣服上的土,然后小心翼翼地卷起凉席。刘文才对苏大卫说:"老苏,你说咋办吧?"

苏大卫说:"兄弟,凭咱哥儿俩的交情,我该放你一马。可这不是我一个人的事儿,你只有自作自受,听候组织处理啦!"

刘文才就跟着苏大卫走了。

夜里,刘文才被关押在村委会反省,罗小月被放回家里。他们分手的时候,罗小月感到事态的严重性了,替他提着心,默默地流了泪。刘文才独自反省,暗暗做了最坏的打算。

后半夜三点多钟,地震了,刘文才从办公桌上摇到地上,额头摔出一个很大的紫包。他开始还以为是跟苏联打仗呢,傻了一会儿爬起来,钻出散了架的瓦屋,才知道是地震。他先是扒出了三个呼救的人,头皮一紧,就拼命地往家里跑,跑到家里看见自家的平房全塌了,母亲和妻子遇难了,儿子也受了重伤。罗小月这个"野秧子"邪命够大的,她被埋在废墟下,整整三天三夜,愣是活下来了。她是让刘文才给扒出来的,她苏醒过来,看见刘文才完好无损,哭了,第一句话就问:"那个苏大卫人咋样?"刘文才说他被砸死了。罗小月长长地出了一口气。苏大卫一死,刘文才积极投入抢险救灾队伍里,他和罗小月的事糊里糊涂地遮盖过去了。但是,他插"野秧子"的秘密还是被当成笑料在城里传开了。

刘文才与罗小月结了婚。婚后的日子,是美满幸福的。罗小月生下一个可爱的女儿。二十三年后,女儿考上河北师大的那年冬天,罗小月患了一场病,不愿意干活儿。起初,刘文才也没有在意,后来就觉得她不近人情了。

再后来,刘文才被诊断出患有晚期肺癌,到北京的一家医院做化疗。

刘文才在死之前很想跟罗小月说说话,可罗小月没来看他。刘文才紧紧地闭着眼,张了张嘴巴,想说话,已经发不出任何声音了。护士懂刘文才的意思,慢慢将刘文才扶起来,将笔和纸递到他手上,让他把该说的话留下。刘文才斜靠着被窝,伸出枯瘦的手拿起笔,笔尖儿颤抖不止,翻滚在胸膛里的千言万语汇成三个字。于是,他就吃力地写下了三个字:给——我——滚!

守林老人的歌

守林老人老强是我的朋友。

我与老强成为忘年之交纯属偶然。老强是沙河岸边的护林员,也是我县业余文艺骨干。我在县文化馆工作的时候经常找老强,因为他能唱民歌,还会拉二胡。他的歌声和胡琴声,还有那片树林,便留在我记忆里了。

和老强初识是在 1993 年秋天,我到乡下采访,随乡团干部要过沙河渡口,过沙河时坐的是老强的船。老强既是护林员,也是沙河渡口的船工。老强是个胖胖的老头儿,走路时摇摇摆摆的,样子很可笑,像是被沙河水呛晕的胖头鱼。他摇船时口衔一支长烟袋,烟袋黑长黑长,他总是那么极有滋味儿地吧嗒着。团干部小董把我介绍给老强并告诉我,这老头儿嗓子好,能拉会唱,是村里一个老秀才。我们起哄说:"大爷,给我们吼一嗓子。"老强笑呵呵地说:"当着文化馆的老师们我就献丑了。"说完吼了一嗓子京剧:三杯酒下咽喉把大事误了……我听着他唱的京剧,感觉嗓音中有金属之声。下船的时候,老强也没能唱民歌。当年的春节花会进城,在高跷队里,我看见打鼓的老强,我便与老强熟了。他跟我讲了好多关于守林的故事。老强有一个幸福的家庭,有老伴儿,有儿子、儿媳,有孙子,但他不愿意待在家里,在家心就烦。他说:"钻进林子里能治百病,大自然美啊!"我问老人:"你为什么觉着大自然美呢?"老人笑着说:"在我眼里,水是活的,树也是活的,而家里的房屋摆设都是死的,多明多亮也没啥劲儿。绿树环绕着我们,同时也在无穷无尽地创造着新生活。"

我还听老强说,他的梦里永远长着那两岸的绿树。他除了守林还培育树苗,每年春天,乡里搞绿化植树,他都能贡献出上千棵树苗。他的守林过程是在圆梦,圆一个绿色的梦。守林是很寂寞的,但是,能够在孤独寂寞中苦心经营绿色并使自己成为快乐的人,能够抵御生命之外的所有洪水猛兽。

老强气盛人正,在春、夏、秋三季时常住在河坡上的泥棚子里。守林的时候,老强总洋溢着莫名的快乐。有一次,村里小学的校长找他,说护着学校的一些树被人偷砍了。老强气哼哼地去了村小学。老人白天在那里转悠,晚上也不睡,像警察一样蹲在树林里,等着砍树贼。果然在深夜里,他逮着一个偷树的人。偷树人不服,说村主任兄弟二贵偷树你不管,就只管平民百姓?老强一听村主任兄弟也偷树,就找来派出所的警察,连这人和村主

50

任兄弟一齐抓走了。从此,村里人高看老强一眼了。

后来有人报复老强。一天夜里,几个小伙子扒光老强的衣服,将他捆绑在沙河边的一棵老树上。正是夏天,蚊虫叮咬,任老强怎么喊,也不见人来。后来,老强干脆伸着脖子唱民歌,唱歌时胸脯一鼓一鼓,浑身的肌肉就一动一动,蚊虫就不怎么叮咬他了。黎明到来的时候,过河的人顺着老强的歌声,找到老强,才将他解救下来。家人劝他,别守林了。老强依然倔倔地说:"我这把老骨头怕他们?我真窝在村里,那才叫人看笑话呢!"说完,老强又去守林了。

我在想象这样一个画面:落日坠入沙河套,老强就摇摇晃晃地出现了。他站在河堤上,如果不说话,不唱歌,就会被人看成是一株饱经风霜的老树。人即树,树即人,人树合一了。

我耳边回响着老强的歌声:树林里的小白杨,摇啊摇啊摇得我心慌,你向我要水,我给你蜜糖。等候清风吹我才跟你唱……

今年秋天,我听朋友说,老强得了一场重病,不能去沙河套守林了。新护林员已经上岗。他送新护林员上岗那天,儿子、儿媳用小排车推着老强到了沙河套。老强朝树林摇了摇手,眼眶一湿,便落下了老泪。整个秋天,老强呆呆地坐在窗前,凝望着远方的树林,却不知远方的风景里是否有人。打开岁月的栅栏,另一边是我们经历过的往事,这一边是未知的明天。我祝愿老强早日康复,静静的沙河套重新出现老强的身影,重新飘荡起老强的歌声。

那海那湾那船

　　泉州是大海的驿站,三湾十二港是出海口,更是我向往的所在。我们来到泉州湾参观,阳光轻松地落在海滩上,海水在阳光里闪着光泽。各种鸟在船头叽叽喳喳唱歌,四周充满了海鲜气。这里是古代海港的咽喉,船舶被照耀得耀眼无比。我们能望见那一片白茫茫的大海滩,海的气息扑面而来。如海潮般涌来的是美好的记忆。这里的风景深奥无比,极有韵味,极为独特。泉州人常常不无自豪地说:我们是海的子孙。

　　落潮的时候,港湾是宁静的,站在港口看看潮起潮落,不仅有海洋的宽阔,还有丰富的生活图景。我想倾听大海的声音,追寻远去的帆影。

　　是啊,我们这次到福建采风,重点是福州和泉州,感受海上丝绸之路。我们从福州来到泉州,此刻的心情是异常激动的。

　　大海依旧放声歌唱,我知道船儿终会去远方。

人类为了自身利益,重新集结在一起。历史的珍藏会在漫长的岁月里发酵,香飘万里。世界那么大,都想去看看,走海路是一大捷径。浩瀚的大海向泉州人敞开博大的胸怀,拥抱那些勇敢者。古代海上丝绸之路以泉州为起点,据说唐朝时候,刺桐港就已经成为中国的四大商港之一。元代的时候,泉州已是国际性海港了。涛声连云,长风鼓浪,历史的记忆,思想的浪花,征服的链条,就这样在海浪里网织着一个立体的形象。

　　大海为生命而歌唱,不离不弃,鞠躬尽瘁,至死不渝。我想大海有多少种颜色呢?说得清,也说不清。蔚蓝色?杂色?神秘而空灵。黑夜来临的时候,我们仰观苍天,一片海夜灿烂的星光。

　　泉州湾啊,你是怎样的一个湾呢?

　　原来,泉州湾由后渚港、法石港、石湖港、蚶江港四个港口组成。后渚港面海靠山,是天然避风港,便于大型海船停泊;法石港位于晋江下游,枕山漱海,是通商贸易的天然良港;石湖港位于泉州湾海滨入海口,三面临海,可停泊大量海船。哪里有这样的湾啊?有时候,看见泉州湾,我就想起了人间天堂。海是自由的,风是自由的,海随风涌,随风所欲,一无所求。

　　我们渴望知道,又不愿相信,那无法预见的命运。在傍晚的微光里,看上去像一个梦。听说有一些孩子,站在泉州湾遥望大海,一遍遍遥望,我猜想着孩子们的真实感受。他们是泉州人,还是其他地方来的游客的孩子?他们是激励自己,还是别有雄心?

夜晚来临了,我发现泉州湾的上空布满了繁星,夜空竟然出现一片年轻的星群,我惊讶于彼此绽放的光芒。思维和月色融为一体。黝黑的云层里终于流下了泪。存在是靠不停的希望与等候拼接维系的结果。我们已渐渐不再满足此岸的诉说,而更看重彼岸的遥想。世界让人窒息的时候,驻足泉州湾你会有一种畅想,有一种清凉,有一种安宁,有一种高贵。

　　大海在喧嚣中睡去了,人在疲惫中成熟了,成为自信从容、旁若无人的精神巨人。秋天是收获的季节,秋天逝去的方向,文化和精神的痕迹是清晰的,隐藏在波涛汹涌的海浪里,也掩藏在美丽的泉州。

　　泉州湾啊,威严中透着温情,魅力无穷。

　　今天,从表面看,泉州湾好像没有新故事了,其实,我们面临重重困扰而不绝望,因为我们在泉州湾找到了征服海洋的人文精神。先说泉州的地理位置,泉州地处福建省东南部,东临厦门,西伴福州,地形为西北部有雄伟峻奇的戴云山脉,向东南呈阶梯状倾斜,依次形成山地、丘陵、平原。而它的东南滨海,与台湾岛隔海相望,海岸线曲折,形成许多海湾,水域宽、航道深,是天然的良港。哪里有这样的优厚条件啊!深入泉州历史的深处,总是飘荡着岁月的风情。一个人在孤单无望的时刻,总是无声地流泪。这是符合人性的。对爱,对一个约定,对一个信念,对人生最重要东西的背弃,伤及灵魂,让人几度绝望。不知怎么,在泉州湾我想到了艺术创作,写一部今天的新丝绸之路的书有多好。对于书斋里的艺术,越来越乖巧,越来越懂事,不是一个好事情。人在忠实的范围内思维有些混乱,但是,以简单应对复杂的思考也许能带我们走向顶峰。我们有时候真的不懂,智者就在焦虑中衰老。我仿佛听到大海深处传来的一种挚爱和不屈的声音,自强与自信,令人倍加珍惜。

我听后暗自惊喜,那是一些我闻所未闻的话题。泉州湾的沧桑,泉州湾的哀愁,都让我们领略到了。她经过历史的沧桑,依然保持了起码的力量和包容胸怀,她是高洁的,她放弃了世俗的身体,留下了高贵而纯洁的灵魂。

有了湾,还要有船。有了船,出海人就会表达一种自信和勇猛。

我在泉州湾古船陈列馆里,看见一艘出土的宋代古船。古船躯体巨硕,静静地卧在那里,其独特魅力显而易见。船板已经剥蚀,甚至变了颜色,就像一个老人酣睡着。我也想钻进古船里,做一个神游万国的美梦。据说,古船运输出去的是刺桐、绸缎、瓷器、茶叶以及铜铁器皿,等等;运回来的是珍珠、香药、象牙、犀角、玳瑁、珊瑚、翡翠、孔雀、金银宝器、犀象、吉贝(棉布)、斑布、金刚石、琉璃、珠玑、槟榔、兜銮等。抛开这些具体物质,我们也仿佛窥见了文化的奇境,引导我们破译越来越清晰的人间谜语。在这循环往复的时间迷宫里,我们获得营养。这古船是海洋文化的积淀,文化积淀越深厚,海上丝绸之路的蕴意就越丰富。我马上想起这样的句子:沉舟花影千帆过,风随涛声送友人。

阳光随着海水退去,光亮浅弱起来,一群海鸥纷乱地拍打着翅膀,鸣着嘹亮的哨音追逐大船。其中还有泉州优雅美丽的妙音鸟。太多的人习惯珍藏苦难,造成对苦难的持久迷恋和品尝。我此刻想,大海珍藏了苦难吗?如果有珍藏,那是对船的奉献。我常常有这样的幻觉,一个清晨醒来的时候,我的船就会在海浪中突围而出,像海鸥一样在海上飞舞。

那不是归人,而是匆匆过客。

那些古船都充满历史传奇性和神秘感。船卧在陈列馆的姿态像达摩面壁,寂静,诚心,俯瞰世界。据说船是从后渚港挖掘出来的,出土时船体虽有损缺,船身大部分完好。船身扁阔,尖底,底板以及侧板由两层木板叠合而成,船板之间塞满麻丝、竹茹和桐油灰,用铁钉加固。船材为杉类,樟、松木质纹理依稀可辨。那巨大的龙骨用参天古木制成,给我们留下巨大的想象空间。当年的参天古树一定苍郁、挺拔、刚强,是一个强者应当有的品质。与之形成落差的,是破旧船板与桅杆之间挂着蛛网,蛛网在灯光里一闪一闪。扭头,看见从宽大窗子里扑进来的阳光。

我回想所有落在古船上的阳光。这种罕见的纯粹性,才使这一文物有某种无从想象的丰富和华贵。这船让人想到了一种奇迹。看不到借鉴,也看不到模仿。我好好端详着古船,希望能永远不忘记。人不要把高尚隐藏，生命需要自然的芬芳。古船活脱脱有了生命。这船让你看了，会终生难忘。这让我们憧憬，我将那美丽的憧憬持续了一段时间。一些美好的记忆仿佛带我回到春天的路上行走。

走到泉州湾看见即将出海的大船，我们似乎听见了歌声，几句简单的吟唱，打开了我们的心扉，让我翘首遥望。

人与人是有缘分的，人和船也是。想一想，当时泉州人为何要造这艘船？瞬间会出现幻觉，在现实与幻想之间，我不知道哪个才是真正的泉州湾。海和船是有梦想的，没有梦想他们怎能拥有征服海洋的悲壮的征程？又怎能有力量把世界紧紧拥在彼此怀中？船与人相似，人活着的意义就是不断寻找活着的意义。遥想当年宋元时期的泉州海外交通，东至日本，南通南洋诸国，西达波斯、阿拉伯和东北非等地，可见当年泉州的繁华。南宋吴自牧在《梦粱录》里面写道："若欲船泛外国买卖，则自泉州便可出洋。"当年摩洛哥旅行家伊本·巴图塔都到泉州，目睹了刺桐港"大船百艘，小船无数"的景象。繁华中有乐趣，乐趣与艰辛交织在一起便构成人生精彩的故事。

有时候，泉州湾让我想起了参观过的九日山。九日山像一尊神，它前面是海，背面是山，山及海湾尽收眼底。这里成为后人出海的福地。木质帆船时代，船往来于海上，主要依靠季风和洋流。为了求得行船顺风，商人们经常要举行"祈风仪式"。

今天,从表面看,泉州湾里没故事,其实,我们面临重重困扰而不绝望,因为我们在泉州湾里找到了共同信奉的人文精神。这时候,我看见一个老人走过来,老人一脸慈祥,我问老人:"在这泉州生活,多悠闲啊?"老头儿笑而不答,然而心自知道。后来熟悉一些了,老人跟我们说起泉州的仿古祭海表演。表演地点在泉州天后宫,人山人海,一时间钟鼓齐鸣,旗幡飘动。

我知道生命由丰美走向了凋零。为了掩饰不安,我一遍一遍地重复心底的歌。歌声不仅能自慰,还能感动,还能呼唤。我体会一种沉重近乎煎熬的感觉。

煎熬过后,我们的心灵会更加洁净。

这样需要一份不同寻常的宁静,让人愿意倾听。

我听后暗自惊喜,那是一些我闻所未闻的话题。泉州湾的沧桑,泉州湾的哀愁,都让我们领略到了。她是高洁的,她放弃了世俗的身体,留下了高贵而纯洁的灵魂。

人要面对无数的隐秘,随着日月的增长,这种隐秘又成倍地增加了。泉州湾是简单的,同时也是复杂的,不能轻率地做出判断。我再来追问生活的意义。每个人的心中都有一座洋楼,每座楼里都有一个无法言说的故事,哪一座是你居住过的楼呢?文化是民族的根本,失去文化便意味着民族的消失。祈祷明天更加明媚,那一条绵长不息的文化长流,奔腾不息,灼灼闪耀。

泉州湾质朴又带有一些伤感。

我想起那时的人们流下了眼泪,单纯明净的眼泪,今天的眼泪浑浊了。唯一原因是摆脱自己的尴尬处境,可是,我们无法改变事情的本质。回到宾馆,与友人侃一侃石狮的见闻。侃完了,回到房间我要整理思绪。

在漫长的等待中,有什么能破解隐秘?有什么能替代冥想?

我感觉敏锐,轻轻回眸就看破了世俗。就因为泉州湾那瞬间的吸引,我改变了行程。一只燕子凌空而起,追随着纯洁的白云,在我的头顶上空盘旋。如果我们肯等待,在燕子呢喃声中,那些飘浮不定的云彩会向泉州湾聚拢过来。这不是我幻想的那种美,是一种苍凉的美。

我离开泉州湾之前,总想再说点什么。什么也别说了,我像在泉州发现了瑰宝,就像发现埋在土里的珍珠。珍珠永远会闪闪发亮的。这样的想法让人颇为感动。

大海的一切色彩都是象形文字,告诉我们应该走向何方。这个寂寞了的渡口,就要繁华起来了。时代唤醒了沉睡的古船,中国需要丝绸之路,新丝绸之路已经开启,一艘艘巨轮逐梦扬帆再起航了。

品悟人生

鱼从我的头顶飞过

写下这个题目的时候,我不知道要讲什么了。我的脑海里,只有这样一幅画面:故乡的小河岸,飘洒着霏霏细雨,我蹲在树下躲雨,有几条鲫鱼从我的头顶飞过去了。

我在雨中发抖,情绪是很坏的,可是当我看见这样的画面时心里却有了一些激动,或许叫感动。飞鱼是鲫鱼,长期生活在鱼塘里,它想借着雨势,游到广阔的大河里。因为有一道河埝,鱼从河埝这头飞到另一头,钻进滚滚滔滔的大河里了。鱼飞在空中是那样灵动,那样鲜活,那样富有智慧。它充实了我的感知,丰富了我的生活。这一幕使我多年难忘。为什么? 我终于在今天找到了答案。

回到学校后,我把这个场面讲给了老师。老师让我把它写成作文,我就写了,当时只是幼稚的描摹。记得有这样一句:"鱼本来是不能够飞翔的,但它真的飞了,而且飞得雄壮,飞得优美,飞得勇敢,飞得成功。它可能厌倦了鱼塘里封闭的生活,想去寻找更广阔的天地。天高任鸟飞,没有说天高任鱼飞的。它之所以能飞翔在空中,是由于它借了雨的力量,是雨给了它飞翔的氛围。如果我们想象的空间再大一点儿,我们人呢?"于是我又加上了这样一句:"我们人也能飞翔,人是借着飞机上天的,当没有飞机的时候,人的精神同样能够飞翔。"回到家里,我做了一个梦,梦见自己变成了鱼,飞鱼。我飞到了城市,落在城市的一个学校里,落在教室窗台上的鱼缸里,一会儿探头,一会儿隐蔽,一会儿在水中遨游。我听他们的老师怎样讲课,看他们是怎样学习和生活的。看完了,听完了,我自己又飞回来了!

多么像童话!正是它丰富了我的想象力,为我后来的创作奠定了一点儿基础。所以,要从小培养我们自己的感知力,它能使我们内心丰盈,使我们生命的激情一直延续。

人在少年时期比成年人更善于观察。从年少时起,我对大自然就格外注意,看见一只蜻蜓,落在一株尖尖的小荷上,到底是蜻蜓依附小荷,还是小荷感激蜻蜓?没有小荷,蜻蜓是多么的孤单;没有蜻蜓,小荷是多么的寂寞!有多少次,我的思绪穿行在幽暗的天宇里,凝视月亮在云朵里慢慢游移,攀想便无休止地在心中膨胀,心底也就丰盈广袤,也就能够充分挖掘少年时期的感知敏锐力。

孩童时代,对自然的好奇、探求和幻想的欲望,给我们一种对自然的感知。这种感知是非常灵敏的。一次,我们班到天津蓟县(现为蓟州区)的盘山郊游,当时条件有限,我们顶着月亮出发,步行到公社,再由公社拉石头的货车运送到盘山。我们居住在平原地区,没有山,第一次见到大山,格外兴奋。我们在山上看到一种石头,当地百姓叫它麦饭石,说用它洗脚,用它泡水喝,麦饭石像药材一样,具有极佳的疗效。我和同学们背回了不少麦饭石。据我观察,这种石头与别的石头的区别是,它的纹路像蝴蝶的花纹。

在山上,我们还看见了许多野兔、山鸡、红鸟和梅花鹿。这些动物是隐藏在树丛里的,经常躲人,我和少数几个同学看见了它们。回来的路上,我们议论,好多同学很茫然,几乎搭不上话。他们纷纷喊:"哪有山鸡、红鸟和梅花鹿哇?"老师就问:"你们在盘山上都看到了什么?"他们异口同声地说:"我们看到的是石头、树木,还有被日本鬼子炸坏的古庙。"老师笑了,让我回答,我毫不犹豫地说出了这几种动物并描述了它们的模样。聆听的同学对那些动物很神往。老师又让看见这些动物的其他同学讲,与我讲的又不一样,每个人眼里的大自然都有各自的特点。

感知大自然所带来的那份欢愉,是任何美事也无法替代的,太阳的抚摸、清风的吹拂、小鸟的啼啭,让我们领略了自然界的美丽,也给了我们一颗透明的心。

我们人类原本就是大自然的孩子。我们要亲近它,千万别背叛它。三毛有一篇文章《塑料儿童》,讲的就是不愿意亲近大自然的孩子,他们只知道看电视、打电话、玩电子游戏、翻卡通漫画,却不肯走进大自然,不喜欢小花小草,不喜欢野鸟。这些儿童就像塑料人一样,摆弄着塑料玩具的时候,自己也成了塑料人。现在我也有一种忧虑:21世纪的孩子,还想从大自然里获取对生命的感知力吗? 当他们把田野里的麦子喊成韭菜的时候,他们心里是怎样的感觉? 当他们看到从头顶飞过的鱼,还有我们当年那样的激动吗?

电子商务时代来临了,我是欢呼的,毕竟是时代的进步。人们当然要掌握新的技术。生活在今天的儿童是多么幸福! 可我要叮嘱的是,当孩子们从电脑里看见花草、看见动物、看见蓝天白云,那是人类运用自己的智慧科技复制上去的,即使电视里流动的画面,也与我们隔着一层屏幕。有人说,将来从电脑里就可以嗅到上面动物和植物的气息。这是科学的力量,但是科学进步的负面影响就是人的懒惰、人的迟钝、人的萎缩。

所以,我有一个警告:什么也无法替代真正的大自然。我们的时代呼唤英勇、呼唤宽广、呼唤健康、呼唤坚韧,唯有大自然才能真切地给予我们这一切。我们扑进大海,用身体冲浪,面对咆哮的波涛,捕捉迷人情景和声响,我们会产生一种完整的自然感知,使我们的身心也充满灵性,获得充沛的激情。我愿今天所有的小朋友都能有机会,领略一下鱼从头顶飞过的感觉。

人和鸟的不幸

有一年夏天,我生病刚好,爷爷就带着我到县城的集市上玩儿,买回来了一只绿羽毛红嘴巴的鸟。鸟叫什么名字,我忘记了,只是想把它放在房间里,给家里寂静的空间带来一点儿活气。鸟被放在鸟笼里。假期里,我一边写作业,一边给它喂水喂食。

我很喜欢这只鸟。笼子里,鸟焦躁地鸣叫着,似乎要冲破牢笼。看着它,我心疼地说:"鸟被关在笼子里是多么不幸啊!"爷爷看着我的脸问:"你怎么会觉得它不幸呢?"我说:"失去自由就是最大的不幸! 鸟是要飞翔的,就像人要走路一样。放它出去飞翔吧!"爷爷说:"它飞跑了,你可别哭鼻子。"我摇着小脑袋说:"我不哭。"后来就把鸟放飞在房间里。这下可坏了,鸟飞到了房梁上,找不见,我可急坏了。过了一下午,鸟终于又出来了。我捉鸟的时候,正巧奶奶走进来,一挑门帘,鸟顺着空隙飞走了。我追出去,鸟把我带进了思索的空间。是啊,人在成长的路上丢失什

67

么都不可怕,就是不能丢掉自由。我没有伤感,我为鸟得到自由感到庆幸。

这又使我联想到"鸟和不幸"的话题。

记得我九岁那年到姑姑家去,听到一个关于"人和鸟"的话题。姑姑给我讲了一个关于鸟儿和不幸家庭的故事。她说,村里有一个老人,叫王全有,他养了一屋的鸟。鸟和老人家庭的不幸有关。老人养鸟的屋子,原是他可爱的小孙子的房间。小孙子在一场医疗事故中死了。老人痛不欲生。老人知道孙子生前喜爱鸟,怕孙子寂寞,就在屋子里养了很多的鸟。后来有人发现,老人给孙子养的鸟,不是市场上买来的鸟,而是从树林里捉来的。老人说,他孙子喜欢的是野鸟! 所以,老人就躲在树林里给孙子捉鸟。老人每捉来一只鸟,就把窗子打开,默默地看着孙子的照片,伤感地说:"孩子,爷爷又给你逮来一只,你喜欢吗?"然后他就泪流满面。鸟落在老人的肩头,老人给鸟喂食,他的身体几乎被死去的孙子和鸟拖垮了。

这个故事使我心头有一些震颤。后来听说,老人的精神几乎崩溃,整天到树林里捉鸟,田里的活儿也不去干了。所以他的生活很艰难,野鸟在老人的小屋子里活得也很艰难。野鸟不好养,不断有鸟死去。老人再去林子里给孙子捉鸟,险些摔坏了双腿。我从心里盼望老人能从悲伤中解脱出来,同样也盼望老人把鸟养好,或是把鸟放回林子里。我的这种盼望往往在一个特定时刻失去光彩,因为失去孙子对老人来讲是不幸的,而鸟同样承受着不幸。鸟死了,老人从不吃,而是掩埋到孙子的坟场。老人埋葬鸟的时候,还要跟孙子说上几句话:"孩子,你在那里孤单吗?"

我们如何面对生活中遇到的各种不幸呢? 每个家庭都不愿碰上这样的不幸,可当不幸降临的时候就要冷静下来,把不幸和痛苦当成是自己人生中不可避免的,心态就会复原,不幸就会过去。如果用自己的不幸再给他人造成新的不幸,就会形成恶性循环。尽管这个故事中老人给予不幸的主体是鸟,可鸟也是有生命的个体。我们人类如何与自然界和睦相处呢?

在不幸中学会宽容。一切留给时间,没有任何一种惩罚比时间给对方造成的自我责难更为痛苦的了。我想,该让给老人的孙子造成医疗事故的医生看看,你们该怎样面对这样的老人? 怎样面对小屋里的鸟? 是不是也应该在他人的不幸中学会自责? 用自己的真实行动,给老人一点儿关怀,还鸟以生存的自由?

后来,我把这件事告诉了姑姑村里的小伙伴儿李强。李强带我们几个人偷偷到老人家里。老人不在家,估计又到林子里逮鸟去了,我不由得对老人产生厌恶心理。鸟是无罪的,你为什么总是把自己的不幸强加给鸟呢? 我和李强跳墙进去,打开窗子,把老人一屋子的鸟全给放了。老人回来后看见鸟都没了,骂了一通,还伤感地哭泣了一阵。

我给李强出了一个主意,让学校的一个学雷锋小组坚持在业

69

余时间给老人打扫房间,给老人带去欢乐,使老人尽快摆脱不幸的阴影。果然,李强这样做了,他带着学雷锋小组到老人家,给老人担水,给老人擦玻璃,听老人讲故事,慢慢地老人走出了这个阴影,老人不再给孙子捉鸟了。每天黄昏的时候,老人就静静地坐在河岸上,朝远处凝视着,鸟自由自在地从老人的头顶飞过去。老人在黄昏静坐的时候,总能唤起我幼小心灵的感动。黄昏是精美而忧伤的,生命与自然怎样和谐相处? 生命走到了尽头,满含着眷恋与满足,向人间投下闪光的泪滴。

每当回想起这件事的时候,总会想起艾略特的一句诗:"走吧走吧走吧,鸟说:人类不能忍受太多的真实。"

关于鹰的生存寓言

　　我家对门儿的三爷,是一位熬鹰老人。三爷叫关世环,村里人都喊他"老驼子"。三爷喜欢我,可我并不喜欢三爷。我放学回家碰上三爷的时候,三爷总要拍着我的脑袋说:"黑小子,看你这对眼睛,就他妈有出息。"他常常喊我"黑小子",我不爱听,可我小时候确实长得黑。可这不是我讨厌三爷的理由,反感三爷的原因很简单。一次,我和两个伙伴到河边挖野菜,正巧赶上三爷在河边熬鹰,看见他对鹰凶狠的样子,我感觉到他是一个凶狠的老头儿。

　　虽然讨厌三爷,可我还愿意看他熬鹰。三爷常常不回家,住在河岸的泥铺子里。泥铺子是一色焦黄的苇席盖顶,顶上立着一白一灰两只雏鹰。我放下柴筐,偷偷走进三爷的泥铺子,看见三爷正眯眼打瞌睡,鼾声像夏日风一样哨响。

　　三爷老了,他不愿意种地了,于是守候着河滩,窝在泥铺子里熬鹰。当时我还真不知道他熬鹰干什么,仅仅是玩儿吗? 妈妈告诉我,三爷用鹰来逮鱼,鹰就叫鱼鹰。逮鱼的鹰老了,三爷就把它卖掉,重新熬新的鹰。这两只小鹰就是新的。疲惫无奈的日子孕育着三爷满心的指望。这时,灰鹰和白鹰在屋顶待腻了,呼啦啦拍打着翅膀,飞进泥铺里来了。我和伙伴儿们逮鹰的时候,三爷醒了,眼角上还沾着两块白白的眼屎。三爷喝了我们一声,老脸就像古铜一样放光。三爷得意地伸出巴掌,两只小鹰分别落在他的掌心里,看看白鹰,又看看灰鹰,说不清他到底喜欢哪一只。三爷站起来,两只鹰就落在他的肩上,晃晃悠悠地走上了黄昏的河滩。三爷肥大的裤角像两面旗一样抖动起来,落霞将他和鹰的影子涂得很长很远。

有一天放学,我看见三爷在泥铺熬鹰。他熬鹰的时候狠歹歹的,对鹰没有一丝的感情色彩。我问:"三爷,鹰还熬吗?"三爷笑笑,没说话,意思是你过一会儿就会看见的。我看见三爷拿两根红布条子,分别将灰鹰和白鹰的脖子扎起来,不给鹰东西吃,等鹰饿得嗷嗷叫唤了,三爷就像变戏法似的,从床铺底下端出一个盛满鲜鱼的盘子。鹰扑过去,吞了鱼,喉咙处就鼓出一个疙瘩结。鹰叼了鱼吞不进肚里,又舍不得吐出,憋得咕咕叫着。我看着看着心疼起鹰来,哀求三爷说:"您就让它们吃点儿吧!"

三爷没看我,也没看鹰,独自卷上一通旱烟,有滋有味儿地吸着。我再三求情,他才看看我,看我的时候脖子僵僵的,脖子和身子一起扭动。少顷，他慢慢走过来，攥着鹰的脖子拎起来，另一只手紧捏鹰的双腿，鹰头朝下，一抖，用巴掌狠拍鹰的后背，鹰嘴里的鱼就吐出来了。就这样反反复复地熬着，三爷累得喘喘的，眼睛里充满了莫名的兴奋，笑着对我说："是两块逮鱼的好料子！"

　　后来我听说，三爷在熬鹰的时候，对灰鹰和白鹰的情感发生了变化。变化的原因是一场龙卷风。龙卷风到来之前并没有一点儿先兆，记得傍晚时，炊烟还是直直摇上去的，到后半夜龙卷风就凶猛地袭来了，还夹杂着大雨。风大到了三爷想象不到的地步。他住的泥铺子被龙卷风摇塌了，三爷明白过来的时候，泥铺子已经哗啦一声倒塌了，他被重重地压在废墟里，好在没被砸坏筋骨。灰鹰和白鹰抖落了一身泥土，钻出废墟，惊惶地鸣叫着。灰鹰如得了大赦似的，不顾老人就飞到一棵大树上躲避风雨。可白鹰没走，它知道主人还被压在废墟里，围着废墟转了好几圈。狂风里，白鹰的叫声是凄凉的，三爷压在里面，喉咙口塞着一块泥团子，喊不出话来，只能用身子拱。白鹰终于瞧见老人的动静了，一个俯冲下来，立在破席片上，呼扇着湿漉漉的翅膀，刮着浮土。呼嗒，呼嗒，烟柱升起来，白鹰的羽毛合着灰尘飘起来了。天快亮了，这时，三爷渐渐看到了外面铜钱大的光亮，三爷借着白鹰刮出的小洞，呼吸到了河滩上打鼻子的鲜气，三爷奇迹般地活过来了。灰鹰还在树上待着。还是白鹰把起早种地的村人吸引过来，七手八脚地把三爷救了出来。三爷将白鹰拢在怀里，瘦脸上泛着明亮的泪光,感激地说:"白鹰,我的心肝宝贝儿哩!"

过了好半天,灰鹰见老人活了,才慢慢飞回来。

我看见三爷的泥铺子重新搭起来。三爷说,白鹰和灰鹰都还好,还得熬下去,不能半途而废了。三爷再次板起脸来熬鹰。三爷本来还要依照过去的熬法,不知怎地他对白鹰就下不去手了。白鹰救过他的命啊!他看见白鹰饿得不行了,心里就软了,心疼地抚摸着白鹰,故意让白鹰把喉咙里的小鱼咽进去。白鹰不再挣扎,叫声也清亮悦耳了。我看见三爷拍着白鹰亲昵地说:"宝贝儿,委屈你啦!"再看灰鹰,三爷依旧照着过去的熬法,有时比过去还狠。灰鹰也想吞吃一条小鱼,被三爷看见了。三爷狠狠地抓起灰鹰,一只手顺着灰鹰的脖子朝下撸,灰鹰哇的一声惨叫,像吐出五脏六腑似的,小鱼从灰鹰嘴里吐了出来,连同喉管里的黏液也一股脑儿流出来。我吓得吐舌头,可白鹰却幸灾乐祸地看着灰鹰。

半年过去,鹰熬成了。熬鹰千日,用鹰一时。一天,三爷神气地划着一条旧船出征了。到了老河口,白鹰孤傲地跳到最高的木撑上,灰鹰有些懊恼,也跟着跳上去,却被白鹰挤了下来。白鹰还用嘴巴啄灰鹰的脑袋,灰鹰反抗,竟然被三爷打了一下。可是到了真正逮鱼的时刻,白鹰蔫儿了,灰鹰却行了,不断地逮上鱼来。后来,我见到三爷的时候,三爷嘴里开始夸奖灰鹰。一次,我看见灰鹰眼睛毒绿的,它按照三爷呼的哨,勇敢地扎进水里,很快就叼上鱼来,喜得三爷扭歪了脸相。可白鹰却很难逮上鱼来,只是围绕三爷扑脸地抓挠,三爷很生气地挥手将白鹰扫到一边去。灰鹰也开始嘲弄起白鹰,三爷慢慢地对白鹰淡了,甚至是嫌弃。连白鹰自己的饭食也靠灰鹰养活,灰鹰在三爷面前占据了原来白鹰的位置。我想,人的得意和失宠不也是如此吗?

不久,我听说白鹰实在受不住了,在三爷脸色十分难看的时候,独自飞离了泥铺子。白鹰要自己生存。三爷惊讶了,曾发动我们几个孩子帮助他寻找白鹰。从黄昏到黑夜,我们和三爷寻找着白鹰,三爷招魂的口哨声起起伏伏,可是依然没有找到白鹰。这时,三爷的胸腔里像是塞了一块东西堵得慌。他对我们说:"白鹰,这个冤家,它不会打野食儿啊!"一天黄昏,还是灰鹰帮助三爷找了白鹰的尸体,白鹰饿死在一片苇帐子里,身上的羽毛几乎秃光了,肚里的东西被蚂蚁们盗空了。三爷捧起白鹰的骨架,默默地,很伤感,抖抖地落下老泪。

此时,灰鹰正雄壮地飞在我们的头顶。

小时候的这个故事,使我深深地思索。大自然呈现给我们的自由、和谐和爱的表象,掩饰了种种残酷的竞争。其实人和鹰一样,生存的空间是很有限的。就像足球场上的足球,被激烈地踢来踢去,占有的质量决定着生存的质量。用来酿酒和酿醋的是同一种原料,可酒和醋是两种不同味道的东西。

生存是匕首,也是花朵,它不是匕首便是花朵,或者先是匕首然后变成了花朵。这种转换的途径是劳动和创造。罗曼·罗兰有一句名言:"我创造,所以我生存!"事实上,我们为生存而劳动的时候,智慧和坚韧是透明和闪光的。生活像流水一样缓慢悠长,它容易使人宽松和放纵。我们应在残忍里修补自己的生命,就好比三爷对灰鹰的残忍促成了它的辉煌。生存不是寓言,生存不是梦幻,生存为幸福而生,正如雄鹰为飞翔而生一样。

祖先的眼睛

小时候,每到清明节,母亲都带着我到祖坟上祭奠。这是我们家的规矩。清明时节,春暖花开。母亲很早就把我叫起来说:"今天是清明节,去给咱的老祖宗行祭礼。"然后,我们就带着草纸、煮熟的猪头肉和苹果什么的,来到了祖坟前。母亲和父亲摁着我的头:"跪下,给祖宗磕头。"边跪拜边说些请祖宗保佑的话。

祖坟右侧刚刚挖了一条小河,母亲看着小河,显得很欣慰,她说:"过去咱祖坟就缺水,这回风水可好了。"我看着小河疑惑地问:"祖坟的风水与我们有什么关系?"母亲严肃地说:"关系可大了,祖宗的眼睛看着咱呢!"就是从那时起,我时常感觉到,祖宗的眼睛正默默地注视着我,我该如何面对祖宗的注视呢?

祭奠回来,我还想着母亲的话。母亲为什么在清明节说这样的话呢? 我问老师,老师给我讲述了清明节的一些知识。

"清明"两字,宋陈元靓在《岁时广记》中引《三统历》曰:"清明者,谓物生清净明洁。"它象征着万木凋零的严冬已经过去,生机勃勃的春天已经到来。农谚说,"清明前后,点瓜种豆"。唐代诗人杜牧有一首好诗,小朋友们可能知道:"清明时节雨纷纷,路上行人欲断魂。借问酒家何处有? 牧童遥指杏花村。"清明在我国民间有着双层意思,它既是节气,也是节日。清明扫墓,追祭先人,由来已久。

《梦粱录》记载:古代在清明这一天,官员士庶,俱出郊省坟。也就是说,不管是达官贵人,还是黎民百姓,都有祭祖、上坟扫墓的风俗。原因是寒去春来,万物萌生,人们想到了先人的坟茔,有否狐兔穿穴打洞,会否因雨季来临而塌陷,所以要亲临查看。一方面清理坟上的杂草,给坟添上几锹土;另一方面摆上一些祭品,烧几张纸钱,以表对祖宗的怀念。

当时,我记得语文老师还给我找到了一首清明祭奠的唐诗,"南北山头多墓田,清明祭扫各纷然。纸灰飞作白蝴蝶,泪血染成红杜鹃",使我学到了很多的知识。

看来,清明祭祖是我们民族的传统。明白了这些礼节,我对祖先多了几分敬仰。多少张面孔,一代代地追寻,相连的血脉在澎湃。先人虽已作古,后人依然在他们慈爱的视线里生存繁衍。

祖先融入大地,也一同留住了我们的根。我们也是未来的祖先。祭奠祖先,不是做给后人看的,而是渐渐化作一种精神寄托和生命投资。每个祖先都是一部历史,一本厚书,有的甚至我们一直没有阅读过。母亲说："给祖宗烧纸，是送给祖宗的零花钱，也同时为自己的命运存下了买路钱。"血缘决定了我们的出身、性格和未来的命运。

清明节也有叫寒食节的。有一年是大祭，母亲不让我吃饭，我不知道祭奠祖先为什么不让吃饭。后来母亲对我说是为了表达对祖先的虔诚。后来有一件事，让我对祖先充满感动和感激。唐山大地震那年，我刚刚十四岁，当时老家的姑姑和表姐都住在我们家里。地震后姑夫从乡下跑到镇上，惦念的心情可想而知。他到了镇上，我们已经得救了。姑夫把姑姑带回老家。而当时我的父亲还没有下落，生死未卜。姑姑则到祖宗的坟头上烧纸祈祷。姑姑说祖宗显灵了，我的父亲还活着。我和母亲听了非常高兴。到了后半夜，父亲真的顶着细雨回来了。母亲和姑姑都觉得是祖宗在保佑着他的后人。后来我一直追问姑姑："你给祖宗上坟的时候，感受到了什么信息？"姑姑说，感觉在心里，是说不出来的。也许是迷信，但我们对祖先的崇敬与迷信无关，它是我们的精神起源。

别忘记祖先，是他们创造了历史。

祖宗的眼睛看着我们。眼神里传达着某种意志，使我们永远逃不脱他们的视野。时间的年轮滚滚转动，支配着我们的行动和命运。我想，如果有神灵的话，祖先的神灵最可靠。

但实际上，世间是没有神灵的。人类这样高智商的动物，是不会长久地相信逝去的前辈有能力左右现世的后人。问题可能出现在经验上，也许是那些传说、幻觉、想象与当事人心态等复杂的东西传递给后人的表象。

我们都拥有自己的祖先，我们都拥有共同的祖先。祖先的眼睛俯瞰着后人，其中积累着沧桑坎坷，奉送苍天祝愿，筑起顽强的生命之巢，让血脉永远相连。我们每一个华夏儿女，同属于一个东方老祖。祖国的眼睛追踪着我们的命运之舟，生活在他充满慈爱和祝福的视线里，即使有苦难，对我们也是鼓励和鞭策。于是，我们的生命才真正有了意义。

螃蟹的故事

　　1999 年的秋后,我在县城里听到这样一场纠纷,纠纷的起因与螃蟹相关。八月十五的前一天,老伴儿陪着退休几年的老县长许广田到护城河散步。护城河绕这棋盘似的古城一圈儿,平平淡淡地流着,没有一点儿波澜。老许看见水流有些浑浊,感觉空气也不怎么新鲜了。走到护城河的那一头,老许就累了。老许从县长的位子上退下来有五年了,他很少出门走动,今天是老伴儿硬把他拽出来的。老伴儿拉着他的胳膊下了河堤,拐进农贸市场,想买点儿过节的东西。老许站在卖河蟹的摊位旁,看着鲜活涌动的河蟹,口水在嘴里流动,嘴巴歪着摆弄河蟹。老伴儿看见老许一脸的可怜相,就走过来,在河蟹筐前看了看:"这河蟹是怎么卖的?"掌柜的说:"上等蟹,六十五块一斤。"老伴儿咂了一下嘴,看着老许的脸:"过节了,买上半斤,给你尝尝鲜儿。"老许忍了忍说:"算了吧,贼贵的。"他将手里的一只紫色方盖的螃蟹放进筐里。

老伴儿说话间摸摸腰包,瘪瘪的,实在没有底气,说买点儿雪虾拌豆腐不是挺好吗?

她拉着老许扭头走进人群,看见五里屯乡的何乡长领着几个人走过来。

老许和老伴儿同时认出了何乡长。老伴儿知道这个何大个子是老许一手提拔起来的。老许刚刚退下时,他逢年过节还来看看,年头一长,他就不来了。老伴儿想上前打招呼,一把被老许拦住。老许看出何乡长是来买河蟹的。他看见何乡长将满满一筐的河蟹都买下了,让司机抬着走向汽车。老板咂着嘴巴说:"妈呀,这是给哪儿送礼啊,买这么多?"老许皱着眉头,嗓子眼儿里堵着什么东西。他和老伴儿继续在人群里挤了一段,慢慢就把何乡长的河蟹忘记了。

老伴儿给老许买了一些雪虾,买了一点儿黄瓜、辣椒,买了一点儿羊肉,就缓缓地往家里赶。走进胡同,老许和老伴儿就与何乡长再次遭遇了。何乡长从现任县长张满堂家出来,登上了一辆双排座汽车。他也许看见了老许的影子,上车时很慌。他故意装作没看见老许,让司机把车开走了。汽车打了一个转,蹭着了院墙,发出一串刺耳的响声。张满堂县长的媳妇儿李凤英惊着跑出来,想看个究竟。汽车没停,一溜烟儿地跑了。李凤英看见老许和老伴儿走过来,笑笑说:"你们出去啦?"老许点点头说:"啊,转转。"老许的老伴儿没有搭理她,她压根儿就瞧不起她。她是不愿意跟张县长做邻居的,这里的原因,除了不喜欢李凤英这个泼妇,就是怕老许看见人家门庭若市自己心里失落。她动员老许搬到儿子那里住,老许不搬,他不愿意住楼房。这平房小院,种点儿花草,练练气功,很适合老年人生活。老伴儿看见李凤英扭动着细腰,走回院里。老许往那个院里瞟了一眼,一片的筐子,满满当当。老许没赶上好年头,他当权的时候,连个礼拜都不歇,这阵儿的干部多轻松,而且油水大多了。

回到家里,老许沏上了一壶浓茶,慢慢品,故意把自己的心态放平和一些。吃着粗茶淡饭,弄个好身板儿,还有什么比身体更重要的呢?看着好多退下来的干部,身体没几天就垮了下来。老许一直把自己的好身板儿当作骄傲的资本。老伴儿走进来,一边擦桌子一边气愤地骂着:"你听,张家门前又来汽车啦!"老许摆摆手说:"做你的饭去,汽车稀奇啥?没见过?"老伴儿撇撇嘴:"人啊,真是势利鬼啊,何大个子不是个东西,见了你连车都不下,当初你白提拔了他!"老许淡淡一笑:"提拔他是我的工作,你还要让人家记你一辈子?"老伴儿说:"这狗东西给张家买了一整筐的河蟹。张家也不怕噎着!"老许瞪了老伴儿一眼,瞪得她扭身做饭去了。夜里睡觉,老许做了一个奇怪的梦,梦见好多的河蟹爬到自己的头上来。早上一睁眼,还偎在被窝里,老许就把这个梦讲给老伴儿听。老伴儿不懂老许的心思,甚至怀疑有没有这个梦,老许一定是想吃河蟹了,后悔昨天没能给老头子头上一点儿。老许看见老伴儿流眼泪了,知道她误解了他的意思。老许说:"本来是个梦嘛,真的不是我馋螃蟹啦!"老伴儿说:"梦打心头想。你是想吃河蟹啦!"老许慌张地摆着手说:"不是,我可不是那个意思!"老许边说边起床穿衣。

老许提着牙具走到院子里,天还不是很亮。老许一迈脚,就觉得脚下有很厚的东西,软软的,踩下去,吱吱作响。他弯腰看见有两只螃蟹被他踩成肉酱了。一只毛青蟹爬上他的裤角,他赶紧弯腰把这只螃蟹摘下来,螃蟹够赖皮的,张螯夹住他的小手指,疼得老许扔了牙具,使劲儿将它甩在地上。小螃蟹在地上打滚儿,吐着沫子转圆圈儿,像个顽皮的孩子朝着他傻笑呢。一扭头,还有好多的螃蟹,一疙瘩一片,爬了满院子和墙头。老许着实吓了一跳,额头冒汗了,哑着嗓子喊:"慧芹,你出来一下。"

老伴儿颠着碎步跑出来,看见满院的螃蟹,双腿直软。她蹲在地上愣了一会儿,伸手去抓螃蟹,老许轻轻喊了声:"夹手啊!"吓得她又把手缩了回来。老伴儿不知是喜是忧,叹声:"老头子,这是哪儿来的?"老许皱着眉,抬手指了指东院。老伴儿就明白了,脸上松活了,嘴角渐渐浮了笑意。老许愣着,又扭头望了望东院,没有听见张县长和他老婆李凤英的一点儿动静。老伴儿回身从屋里端出脸盆,黑了老许一眼:"还愣着干啥?快抓螃蟹啊!"老许说:"螃蟹是从张家院里爬过来的,还是请他们来抓吧!"老伴儿撇着嘴说:"不,是螃蟹自个儿过来的,这就怨不得咱啦!"她戴上了两只线手套,急着抓螃蟹,再也没看老许一眼。老许又愣了一会儿,抬头看了看天,才弯腰跟着老伴儿抓螃蟹。

老许和老伴儿把满院的螃蟹抓光,才到早晨六点钟。老伴儿把两盆子螃蟹放进一口腌咸菜的缸里,缸口用旧蚊帐布盖上,怕的是螃蟹再次跑掉。老许站在缸边刷牙,一边看着一边说:"你真想留下啊?"老伴儿说:"吃,我给你煮了下酒!不吃白不吃!"老许甩着牙刷上的牙膏沫子,瞪了老伴儿一眼:"别,给人家送过去!"老伴儿说:"送?门儿也没有!"老许倔倔地说:"我就是馋疯了,也不会吃这种螃蟹的!"老伴儿嘻嘻地笑着:"你还别把话说绝了,看你吃不吃!"说着就回屋里煮螃蟹去了。老许嘟囔着说:"你不送,我送!"他回身时,听见张县长院里有了开门的动静,赶紧收住脚,听见李凤英一声惊叫:"妈呀,螃蟹跑啦!"然后她就慌张地喊出张满堂。张县长的声音极为严厉:"别嚷嚷了,好不好?"李凤英没有好气地骂:"这个何乡长,真不是个东西,他把两个筐子往院里一放,啥也没说就走了。我查了一个筐子,见是苹果。还以为那个筐子也是水果呢!哪知道是活蟹啊!"张县长依旧压着声音说:"别嚷了,你听见没有?快把院里的螃蟹收起来!"老许听见东院响起急促的脚步声。老许想张嘴喊一句,他刚要张嘴,就看见李凤英的脑袋探过墙头,贼贼地往院里寻着。老许赶紧缩回脑袋,就听见李凤英小声骂着:"肯定爬到西院啦!有多一半儿呢!"张县长拉她的身子,还是让她小声点儿。李凤英火气很旺,泼劲儿

85

又上来了，骂了一句："也不吭一声，跟了这样的邻居，算是倒了八辈子霉啦!"老许觉得脸上火烧火燎的，赶紧收回脚步。

老伴儿隔着窗子呸了一声，把老许拉回来，幸灾乐祸地说："你听那个泼妇骂得有多难听，还给她送去? 真是的!"老许坐在堂屋的椅子上，胸口堵得慌，恨恨地说："就凭这娘儿们的话，也不给她送啦! 煮! 吃!"说着，就找出一个小酒壶，烫了二两散白酒，坐在餐桌旁哼起了京剧小调儿。哼着，老伴儿就将冒着热气的河蟹端上来了。看着螃蟹，老许就把刚才的不快忘掉了。不管怎么来的螃蟹，都是螃蟹，味道都是一样的鲜美。老许掰开满籽蟹盖，用筷子将红籽剜到嘴里，嘴巴有滋有味儿地咂一下。老伴儿在一旁静静地瞧着。老许递给老伴儿一只螃蟹，老伴儿摇头说："留着你就酒吧! 我看啊，这点儿螃蟹够你吃上一阵子的。"老许吃着，不吭声。老伴儿又说："送礼，就送一筐的螃蟹，准不是那个何乡长自己掏钱，何乡长的马屁算是拍歪了!"她贱口轻舌地取笑人家。

老许只顾吃喝，狠狠掰了一个螃蟹爪，骂："真他娘的腐败!"然后就着喝上一盅酒。

老伴儿听着解气，给老许倒上一杯酒。

老许再掰一个螃蟹爪，骂："真他娘的腐败!"

老许再喝一盅酒，叹道："真他娘的腐败啊!"

老伴儿连连给老许满上酒。

老许喝着骂着,脸上有红亮儿显露出来,随后,就借着酒劲儿说他当权时的清廉,说得鼻翅一扇一扇的,不断喝酒。老伴儿抢过酒杯,说:"别喝了,别喝了,这点儿螃蟹别把你给搭进去。"老许说:"你难道不晓得,我老许有多少年没吃着河蟹了吗?"老伴儿说:"不就是三四年吗? 不要嫌贵,我们吃得起!"她边说话边收拾地上的杂物。

小花猫跳上来了,啃着老许吃剩的螃蟹腿儿。

老许看着小花猫,就不喝了。

一连几天,老许和老伴儿都很快活,老许在院子里锻炼,听到缸里的窸窣声,身体里就痒得很。一天中午,老许一人从张县长家门前走过,与李凤英打了个照面。李凤英脸色异常,不阴不阳地朝他笑一下说:"老许,吃了吗?"老许照常说:"吃啦!"他没有往别处想,李凤英却接着问:"还新鲜吧?"老许被问愣了,脸上火烧火燎的,支吾说:"我刚吃了午饭,午饭。"李凤英却直接撕开脸说:"老许啊,你就别给我打哑谜啦,我是问你河蟹,鲜还是不鲜?"老许后脊处淌下汗来,稳了稳心说:"凤英啊,既然你总是疑神疑鬼的,咱就打开窗子说亮话吧,是有河蟹爬进我们的院子。我想给你送过去,可我听你一骂,就不想送啦!"李凤英寒了脸说:"你吃了就吃了,噎不着就好哇! 关在笼子里的老猫,总吃不上荤腥,哪行呢?"老许气得抖了:"你! 河蟹,是它自己爬过来的,我们没有偷,没有抢!"李凤英就破口大骂了,引来了老许的老伴儿。两

87

个女人就吵成了一团。老许的老伴儿故意把声音弄大,从而招了众人观看,李凤英怕对丈夫影响不好,忍气吞声地退回了院里。

到了晚上,老许继续吃着河蟹,喝酒。他听见李凤英跟她的张县长哭鼻子。张县长训斥妻子,还动手打了她一巴掌。老许知道李凤英心里窝着火,释放不出去,就会变着花样地撒泼。张县长上班走后,李凤英就站在院子里指桑骂槐,还故意弄出很多声响,骂得老许犯了心脏病。老伴儿给老许请来了医生,吃过药,医生说得静养。老许再也没有吃河蟹的心态了,怪异地扭着老脸。老许对老伴儿说:"惹不起,我们躲得起。咱搬到儿子那里住吧!"老伴儿伤心地看着他:"我早就说,咱搬走,你就是不听!走吧!"老许愣了很久,不说话。老伴儿想了想说:"这房子卖了吧!"老许摆手说:"我可不卖,上哪找这样好的平房院落?"老伴儿叹息一声依了他。

搬家那天,常用的东西都搬完了,老许忽然想起院落一角的缸里,还有他没吃掉的河蟹呢。他打开缸盖,趴在跟前细瞧着,螃蟹鼓鼓涌涌,吐着白沫子。老许轻轻地笑了:"这东西,邪命够长的。"说着就用了力,慢慢把缸倾倒,让螃蟹一点点儿爬出来。螃蟹就慢慢爬着,有的钻进了下水道沟,有的爬上墙头,有的爬到院里的树上。老许开心地看着,笑着,眼角慢慢流出老泪。

老伴儿和儿子进来,看见老许的样子,不由得一愣。

第二年春暖,老许还住在儿子的楼上养病,总想着搬回小院去。老伴儿怕李凤英再折腾他,哄骗他说:"等等吧,听说张县长要搬到新盖的别墅里去,他们一搬,我们就搬回去。"老许心里就豁亮了,心情渐渐好起来。熬盼到了秋天,张县长一家还是没有搬走。老许就急了,说他不怕李凤英那个娘儿们。老伴儿和儿子百般阻拦,还是不能说服老许。

就在这个时候,张县长家里出事了,张县长被抓,小院被封得严严实实。其实,在老许刚搬走不久,张县长家被盗了,盗贼就是从老许家院里的墙头翻过去的。盗贼被抓了,交出了张县长的两百万存折和一些金银首饰。老许听到这个消息,愣了很久,站在太阳光里,朝那个贴着封条的大门好一阵张望。

老许和老伴儿又搬回了小院,没怎么吃药,老许的病就好了。

阿南的黑眼睛

　　凭我们的审美观,眼睛就是黑色的、明亮的。黑眼睛里的完美境界,在生活中不可多得。黑眼睛里的艺术幻影,叠印着年轻的生命,去创造新的生存空间。当我走进阿南的艺术摄影学校,见到阿南和他的艺术摄影,对黑眼睛有了新的认识和理解。

　　阿南是唐山的小伙子,却有一个南方的名字。这个名字在唐山人物肖像摄影行业中是很响亮的,以至人们渐渐忘记了他的本名。这位不到三十岁的小伙子生就一双明亮的黑眼睛。他站在我面前,有点儿像一株挺拔的树,坚韧、自信、和善而有生气。他在谈话中不愿谈及自己,只是滔滔地讲述人物摄影的艺术。我在他的办公室看到了一张大幅人物照片,是他与著名演员梁天的合影,还有一幅是他与台湾著名人物肖像摄影大师吕胜国先生的合影。还有一些少男少女的青春肖像照。

　　阿南的眼睛最辉煌的一瞬,是我们欣赏他作品的时候。从朋友嘴里得知,阿南原是唐钢工人,不甘心工人寂寞的生活,自己办起营业性影楼。他自小酷爱摄影艺术,开影楼之后,他自费到北京电影学院摄影班学习,在那里结识了台湾人物肖像摄影大师吕胜国先生。吕先生格外欣赏阿南的才华,收他为徒。在吕先生亲自指导下,阿南的人物肖像摄影技术跃上新的台阶。北京一家影楼曾想高薪聘请他,他谢绝了,他说他的事业在故乡。阿南从北京回到唐山。前两年,阿南建起"黑眼睛"摄影学校,在唐山老火车站附近租了一层楼房,住宿、教室、摄影室一应俱全。他招收了几批学员,为社会培养了三十多位优秀摄影师。这些学员里,有下岗工人,有农民,有待业青年。滦县(现为滦州市)有一位进城打工的农民,苦于找不到出路,结识阿南后,走进"黑眼睛"摄影学校,毕业后在故乡滦县县城开了一座影楼,生意红火。这个学员又为乡村培养了一批摄影人才。如今,"黑眼睛"又在招收新的学员。一位学员为阿南留下一首诗:"可以忘却自己,却忘不了'黑眼睛',你偶然的光亮,照彻了我久久等待后的迷茫……"

十字路口抵不住青春的萌动,反而把路途向前方延伸。冰雪封了路,仍有向前方出发的人。如今影楼业不景气,阿南的"黑眼睛"却依旧红火。我们到这里时正赶上唐海和迁西来人,纷纷聘请阿南去指导,做一段临时摄影师。阿南欢欣地答应了。他懂得摄影的黑白艺术,明天的现实世界,是一片等待他去涂色的空白。人生的过程就是在圆梦。阿南终于圆了他"黑眼睛"的梦。青春的梦不需要隐藏,青春的热情冲走压抑,青春是生命中最美丽的花季。

坚毅深沉的眼睛啊,抛开前程的礁石,不留泪痕。

当我问起阿南,为什么将自己的摄影学校取名为"黑眼睛"时,阿南眼睛一亮,喃喃地说:"我喜欢顾城的一句诗,'黑夜给了我黑色的眼睛,我却用它寻找光明'……"

田园寻马记

　　王红家的马丢了。王红姑娘回乡种田，根本用不着马，马是被她的老爹牵到城里的，马是从城里跑丢的。

　　王红从玉米地里钻出来，头发被风吹得直抖。她回头望了望收割过的稻田，土地舒张着，延展着，一片乏极了的静。太阳在晴空里移着，田园格外安静。稻田里的河蟹出净，稻秆儿割去了。地上留着金色的稻茬儿。稻茬儿地里还有一股淡淡的香味。王红从北京农大毕业后，有两年等待分配，尽管有企业聘请她，她还是不愿放弃自己喜欢的专业，就与同村女友搞了一小块科技示范田，研究开发了一种绿色大米。她们从县城聘请了一个研究超级稻生产的技术员，绿色大米单产一下子就上来了，而且是绿色食品。她们成了新的产业农民，赚了不少钱，于是，前不久，她们又搞了一个生态绿色农业园区——超级大米栽培和苹果嫁接，插秧和收割都用大型机械，枣红马自然要下岗了。

傍晚来临,王红开车去了城里。她得看看爹娘。一片白色的楼群,隐在团团的雾气中,路灯很亮,像一朵山石里绽开的硕大的白玉兰。路灯下摆着一溜儿摊点,其中一个老人吸引了王红的目光。老头儿系着白围裙,戴着白套袖,往油锅里放着鸡排,鸡排被炸成酱黄色,油光光地颤动着。她马上认出了是自己的老爹。她走过去跟老爹说了几句话,王老汉又急着追问她:"枣红马找着没有?"她说没有,老人咧了咧嘴,样子像哭了一样难受。看样子找不到枣红马,王老汉的防线就要崩溃。"爹,别难过,我帮您再找找啊!"王红懂得爹对马的感情。

哥哥和嫂子劳务输出了,老爹和老娘要搬到城里搞"三产",留在地里的王红也不会用马了。这时的枣红马就成了累赘。搬家那天,枣红马挣脱了缰绳,走到王老汉跟前,嗅着老人的胳膊,扑脸地抓挠。对了,枣红马怎么处理?王老汉脑子忽悠一颤。这些天忙乱了,竟然把枣红马给忘了。他抚摸着枣红马的头,真的犯了难,进城后就不能带它了。听王红说,城里的马丢下粪屎,警察还要罚款的。卖了它,王老汉怕马受委屈。杀了它,自己又舍不得,这匹马跟了他二十二年,从感情上难以下手哩。王老汉手足无措时敲响了王红的窗户。王红被老爹敲醒也没来得及梳洗,就跟老爹商议枣红马的归宿。王红和她娘意见一致,她怕老爹心里牵挂,断断是不能卖的。杀,杀了一了百了!王老汉闷了一会儿,还是依了王红。可是,谁来杀马?

94

正当找不到合适人手的时候,二哥开着解放汽车来了。他是来装车搬家的,却遇上杀马的活儿,显然有些怵头。杀马之前,先要把枣红马捆绑起来。马在院里奔跑,二哥满脸寒光,腮上绷出筋来,一个鹞子翻身,扑上去,紧紧勒住皮缰,马嘶叫着跳起,鬃毛飞扬,急急地刨了几下蹄子,踢着了他的左肩,他咬着牙,手不放松。马的啸声很烈,漫开去,撞到了小院的墙壁,又远远地荡回来。司机和王红赶上来,齐手将枣红马绑上,拴在马槽的木桩上。

"杀吗?"二哥狠狠地举着刀问。王红看了老爹一眼,王老汉正抱着脑袋蹲在地上。王红大声喊:"杀!"枣红马不再嘶鸣,张着嘴巴喘息,哗哗地淌着眼泪。王老汉瞥了马一眼,就挺不住了。天还寒着,王老汉的脸上就冒汗了,眼泪也不停地流。王红喊了一声"爹",二哥回头看了看老爹,操刀的手落了下来。"别管我,杀吧!"王老汉缓缓站起身看见儿子再次举刀,他晃了一晃。感觉一口腥热的血团儿在他喉咙里滚动,涌到嘴边的时候,就强咽回去。"我的马!我的马!"老爹闷闷地吼了两句,头晕,眼黑,直挺挺地倒下去了。

"别杀啦!"王红说。

人们七手八脚把王老汉抬进屋里。上午十点钟左右,二嫂赶来,家具和杂碎都装好了,王老汉才慢慢缓过劲儿来。王红告诉老爹,她决定了,枣红马不杀了,带到城里再说。城里贸易区紧靠郊外,养马也不怕。王老汉马上就精神起来了。

第二天上午,阳光出奇地耀眼,县城的高楼柔和得发亮。王红开着汽车,满城寻找枣红马。城里没见踪影,她忽地想起乡下的田地。枣红马是与王家的责任田一同分到家的。枣红马恋地,它会不会跑到田里去呢? 王家的这块黑土地,如今是红苹果公司的水果园区。但愿枣红马在那里,可以听见它清脆的饮水声。王红把汽车停在路口,独自走上田埂。往里走,厚重的稻茬儿开始变色,慢慢变红,越来越红,终于像血一样红。走过稻田就是苹果园了。她学着老爹的样子喊:"喂! 喂!"不知爹为什么喊枣红马总是喂喂的。渐渐地,她闻到了一股涩涩的焦煳味儿。走到果园地边,还看见飘散的烟雾。被人践踏过的果园一片狼藉,地上还有散碎的苹果。她一阵难受,移开目光走着。尽管是秋天,当顶的阳光依旧浓烈,像火点子烫着她的脸、手和脖子。深色套裙的颜色都有些发浅。她听到沙沙的脚步声,心里热热的,目光就近了,发觉几个孩子正蹲在土坑里烧土豆。几枚枯黄的苹果叶子飞旋着,落在王红的头顶和衣领里。王红问:"小朋友,你们在干什么?"

　　一个黑脸孩子朝土坑努努嘴。

　　"我们救死扶伤呢!"另一个孩子说着。

　　一个孩子给马喂着烧土豆,马嘴闭得死死的,闭着眼睛,微微喘息。王红急急地跑过去,看见枣红马低头耷脑地卧在地沟里。"喂!"她木木地看着它,浑身一软,俯下身去颤颤地抚摸着枣红马的脖子。根本分辨不出马是枣红色还是灰土色,肿起的青筋露出一截,还在不停地跳。马在绝食,看得出来它已经好几天没吃东西了。"天哪!"王红木头一样呆着,心一灰透底。她抢过孩子手里的烧土豆,硬硬地往马嘴里塞着,马吃力地摇头,身体缩回去。她绝望地拍打着马的脑袋,拍得啪啪响:"喂,你看看我,是我哩!"枣红马慢慢睁开眼睛,一点点儿渗出泪珠,面目出现少有的慈祥。她走进苹果园,看见树枝上还挂着一只红苹果。农民抢劫时丢下的。金色的苹果,孤零零地悬着、荡着,在阳光中显得格外醒目,像一轮红月划过夜空。她伸手摘下这只红苹果,慢慢递到马的嘴边,马依旧不张嘴,喉咙里乱动,鼻子里依然吐着气,弄得她的手指湿漉漉的。

"你吃一点儿,吃一点儿啊!"王红和孩子们都喊着。

王红把苹果放进自己嘴里,使劲儿嚼了两口,将嚼碎的果渣儿和汁液慢慢塞进马嘴。马将嘴巴闭得紧紧的,看了她一眼,眼球带着猩红的血色。枣红马闭上眼睛,微弱地喘气。王红慢慢蹲下来,伸出温柔的手,抚摸马的头、马的脖子,手指是那么轻柔,那么深情,仿佛它不是一匹即将咽气的马,而是粗糙肥沃的土地。她挂着满脸的泪痕说:"老天爷呀!这是为什么?"马在她的抚摸中,突然一软,扑哧一声垂下头死去了。王红再也蹲立不住,一屁股坐在了地上,紧紧地抱住枣红马的脖子,喉咙里挤出一阵短促的呜咽。王红对枣红马也是有感情的。对枣红马,她不仅是留恋,也是对明天新生活的感动。枣红马自己离开了城市,离开了他们,但是马对她家的贡献将永久留在心中。

第二天,王红把老爹叫来给枣红马厚葬了。这个"田园寻马记"给了我们很多的伤感和惆怅,也使我们对农村新青年有了新的理解。

燕赵情怀

因为唐山，所以这样活

　　唐山人怎么个活法？不仅国人想知道，就是到了国外，也常常碰见友人提出这样的问题。原因是，唐山人经历过 1976 年 7 月 28 日的大地震。我想借这个短文来谈一谈唐山人今天独特的生活方式、行为方式、性格，来分析一下唐山地域文化的独特性。

　　唐山北依燕山，南临渤海，是座工业企业云集、经济发达的重要工业城市。有人称唐山是凤凰城。凤凰之所以成为唐山人心中的吉祥鸟，是因为古有凤凰栖落大城山头的传说。唐山既有凤凰的清秀明丽，又有冀东平原的质朴和粗犷。所以，唐山人的穿着不土气，虽然不如北京人，但是基本上与北京同步。因为是工业名城，唐山人穿着既有劳动人民应有的特征，又有时髦、端庄、清美的一面，可以说是刚柔并济。刚，则豪放泼辣；柔，则多情如水。比如，唐山话的形象代言人，表演艺术家赵丽蓉老师，她身上的性格特征就是质朴、豪放、泼辣和幽默。而唐山籍歌手于文华，她的外表和歌声都给人多情如水的感觉。

食,可是唐山一大特色,唐山人非常看重吃。唐山麻糖、万里香烧鸡和棋子烧饼就非常有名。吃与酒相连,唐山人喜欢吃,能喝酒。这可能与开滦煤矿有关。历史上的唐山是一个小荒村,皆因开滦煤矿的开发,才渐渐发达起来。旧社会下煤井的工人,生命没有保障,上井后大吃大喝,并不管日子的长久。今天,唐山作为"资源"大市,经济发达了,人们更是喜欢吃喝。大酒店开一家火一家,很多酒店如果不提前订桌,绝对没有位子。我的一位导演朋友来唐山,想让他的儿子在唐山举行婚礼。我随他到大酒店,一打听,稍微像样的大酒店婚礼宴已预订到2006年年底了。为什么北京人到唐山办婚礼?原因是京沈高速路便捷,一个婚礼车队开过来,在唐山吃得好,价位比北京还便宜。说起婚礼,唐山一家开矿的老板孩子结婚典礼一时成为网上话题。这个婚礼十分讲排场,动用28辆奥迪A8车队,车队往返唐山至北京的时候还用重金包了高速公路。请来了央视著名节目主持人给主持婚礼,从香港租来了英国皇家用的东西。有记者问这个老板,老板美其名曰"拉动内需"。国外富翁生活节俭,多做些慈善事业。国内富人还没有这个意识,唐山富翁更为欠缺慈善意识。如果偶有慈善之举的富人,也别有目的。

唐山大酒店火爆,小酒店也火。连我们可怜的去处"黑蓝书吧"也改成小酒店了。在这里我简单介绍一下"黑蓝书吧",这是我朋友王洪城开的一个专营高品位书的书店。它在渤海浴池右侧一个角落,当年它的出现,像一盏灯火,照亮了这个古老的工业城市的夜空。书吧不大,环境却精致、幽雅、高贵。买书人可以在这里喝茶聊天。老板王洪城是一个有高学历、有志气的读书人。开业之初,我就替他捏一把汗,他问我为什么这样,我说:"唐山不是文化城市,唐山不配有这样的高档书店。现在看书人太少,尤其是高档书,人们匆匆忙忙挣钱,忙着创业,忙着喝酒,忙着买好房、好汽车。"言外之意,书吧很难维持下去。果然美丽的它被小酒店取代了。老板到北京打工去了。在唐山大多数百姓视野里,也许没有人知道"黑蓝书吧",但它的消亡让我伤感。我们唐山是诞生评剧、皮影和乐亭大鼓的地方啊!今天的文化气息被烟尘和铁粉、水泥遮盖了,被酒气遮盖了。

再回来说喝酒。唐山人喝酒,喝急酒。南方人喝酒慢慢品,唐山人有东北人喝酒的特征,"感情深一口闷"。唐山人喝酒豪爽,与工业城市性格有关。酒里有唐山人的个性,有唐山人的志气,有唐山人的活法。酒文化与工业文化挂钩,能够修炼人。唐山人的好品格不仅仅在醉意蒙眬的那一刻,而是在天长日久的自然流泻。唐山人喝着酒就把钱挣进腰包里了,唐山人的智慧、张扬、坚强、觉醒以及乐观幽默的人生态度,是由唐山文化深深浸入骨子里的。

唐山人的仕,也有**可说**的地方。唐山的房价是河北省各城市最高的。新开发的房子，均价跃过每平方米四千元。旧房子也超过每平方米三千元。我身边的朋友常常谈论："唐山人真是疯了，这么个城市，还发生过大地震，房价怎么这么高？"有人回答，说唐山经济发达了，有钱人多了。这不能说是唯一原因，要知道，唐山有钱人多，穷人也不少。我还要从这个地域文化入手分析分析。因为唐山文化的根是开滦文化。光绪年间，开滦煤矿被英国人霸占过，英国人在这里盖了好多小洋楼，大地震时倒了一些，但今天赵各庄矿还有当年留下的几栋洋楼。从那时起，唐山人就在居住方面见过世面。矿主住洋楼，下井工人在井下黑了几天，上来就有间亮堂漂亮的房子住。地震后，唐山人从简易防震房走出来，内心最渴望的就是住上好房子。尤其这两年，这地方没怎么摇晃，人们的胆子就大了起来，楼房越盖越宽敞，越盖越高。一个朋友对我说："大胆住高楼吧，大地震千年不遇，咱们总赶上？如果再震，即使没砸死，活着出来我也自杀，那老天也太不公平了！"我听后一笑，这是唐山人的幽默。但这也给我一些思考：唐山人心理抗灾能力很强，往往生出逆反心理，对待生活的态度不如其他地方认真、死板，他们非常豁达、开阔、灵活。目前这个价位在唐山可以了，不会掉，涨太多也不会。面积大、豪华装修的房子诱惑着唐山人，给唐山人一个美丽的现实，一片安宁的阳光。他们会沉醉，但唐山人还会在沉醉中觉醒……

最后要说说唐山人的"行"。这是一个十分有趣的话题。唐山人拥有好汽车,在全国是出了名的。奔驰、宝马、劳斯莱斯、奥迪 A8 等好车、名车,随处可见。听说迁安一个老板到北京亚运村车市买汽车,他刚到时土里土气的口音还让卖车的人蔑视了一番。后来迁安老板说:"这种奔驰的车你们有几辆?"卖车人说有两辆。迁安老板说:"我全要了。"卖车人很是惊讶,更让他没料到的是,迁安老板要再预定三辆,他说自己有两个儿子两个儿媳,他自己开一辆,四个孩子每人一辆。卖车老板大悦,他那里经常碰上唐山来的买车人,每当碰上唐山口音人来买车,老板先让试车,试完车还宴请一顿。现在有一种说法,只要国内进口一种名车,一个星期后唐山大街上准能见着了。一个西安网友说,他们那里有多少辆宝马 X5,唐山网友风趣地回击说,在唐山宝马 X5 已经是桑塔纳了。唐山人喜欢开名车,已成为风气。当然,开好车、名车是要有经济实力的,普通人家也拥有大量普通汽车,要思考这一特殊现象还得回归文化。

车是载体,纵观商品经济来看车,车是小世界,小世界却有着人生的大追求。唐山人喜欢运动、喜欢享乐,人的享乐品之一便是车。车帮助他们拓展生存的空间,增强生命的活力。同时,名车也给他们赚足了面子。唐山人好面子。在唐山人心目中,名车象征着一种身份。好车、好牌照闯红灯,连交通警察都不拦。这现象当然不好,但多少透出人的一种心态。如今是物化的商品社会,唐山人经历过"大难",应该有"后福"。"后福"里有他们的汁水和信念,他们懂得创造、懂得生活,无论遭受怎样的打击和困难,都能容忍,都能奋争,都能保持昂扬向上的心态。

说唐山的衣食住行,大多是冲有钱人说的。唐山是河北首富,可唐山还有穷人,一些下岗工人、进城农民工的日子过得十分艰难。唐山穷人与别处穷人活得也不一样,这种享乐攀比心理也一直影响着穷人阶层的生活方式。我认识一位朋友,夫妻下岗,丈夫赌博。家里住着震后的旧房子,还硬撑着买了一辆别克轿车开上了,丈夫嗜赌、喜欢好车,为了给汽车还贷走上了犯罪道路。还有的人片面追求住房大面积,当上了"房奴"。穷人家漂亮姑娘瞄着有钱人家的公子,不惜丢了尊严去追求,还有的当了大款的情人。给年轻人介绍对象问的第一句话:"他家有矿吗?"或问:"有厂子吗?"如果有,别的条件都可以让步,如果没有可能就不见面了。追风的消费心理是唐山人的习惯。比如说超市,唐山有家乐福等大型超市多家,家家都火,原因是穷人都进超市消费来了,弄得一些露天小市场步步萎缩。

在这告别灾难的三十年里,人的躯体,像一座桥梁,人、神、鬼在这些桥上来来往往。人的生命过程,亦像一座桥,一辈子为人子或女,为人夫或妻,为人父或母。就是说,人总归要寻找"精神的家园"。旧有的精神家园被地震摧毁了,自然要建立新的家园。人类得以繁衍,是因为有爱。唐山人这些年也一直用爱来弥合地震带给心灵的创伤。人要回归精神家园也是真情、真爱。我常听有钱的唐山老板说自己有多么孤独。说自己孤独的富人其实并不孤独，而是空虚。有钱了，身边有朋友、妻子、情人，美女如云，鲜花、掌声，怎么说孤独？其实质是缺乏文化滋养，精神空虚罢了，缺少真情和真爱，难怪有人慨叹：我穷得只剩下钱了。我们体会有文化底蕴的人走向孤独是真孤独，神圣才是真正的孤独，真正的孤独者不言孤独。文化如水，是滋养人灵魂的。唐山这个诞生"评剧、皮影、乐亭大鼓"三枝花的地方，属于燕赵文化的一脉。唐山大地震对唐山人文化心理影响非常大。抗震精神是唐山人民精神生活的一笔宝贵财富，这笔财富的源头是抗震，终点是创造经济上的奇迹。这就是唐山地域文化的独特性。唐山三十年来的变化说明了这一点。如今党和政府带领唐山人民进行新的创业，一个美丽、富饶的和谐社会在这里诞生。唐山人享足了"后福"之后还会用文化滋养"穷"的心灵。这个城市制造过一个个的梦，更能制造一个个新的觉醒。

废墟上的风筝

——唐山大地震记忆

我有两个生日。

一个是我的出生日,一个是 1976 年 7 月 28 日。那一年我 14 岁。在第二个生日里,我经历了 20 世纪人类最大的灾难之一——唐山大地震。这是唐山人的蒙难日,也是所有活下来的唐山人的重生日。

地震的前一天,我们学校放假,那一天,我在旷野上奔跑,而今发亮的旷野,永远属于梦中的仙境。童年的芳草地上,洒下了我最初快乐的时光。我喜欢奔跑,我还喜欢在奔跑中捕捉野物,比如捉野兔。放学后,我背着背篓到野地里挑菜,当时我家养着十只小白兔。兔子能卖钱,用卖兔得来的钱维持我上学的费用。

黄昏的时候,我的背篓已经装满了苣菜,正准备回家,忽然看见一片野兔从我身边跑过。不知道那一天田野上为什么出现那么多野兔。我扔下背篓,急忙跑着追过去,费了九牛二虎之力才捉到一只兔子。回到家，母亲说："你是属兔的，对兔子要友好。不然要遭报应的。"我笑着对母亲说："您这是迷信，打兔子与我属兔有什么关系呢？"母亲叹息了一声，摇着头，继续整理刚刚搭好的鸡窝。

野兔还是被母亲用锅煮了，也被我们吃掉了。那天姑姑和表姐都在，晚上，我们美美地吃了一顿兔肉。母亲给鸡窝搭个棚子。鸡窝搭好了，可是九只母鸡就是不上架，不进窝。我满院子跑着追鸡，腾起满院的尘土，母亲生气地说："别逮了，不上架就算了，跑不远的。"我有些气恼地看着烦躁不安的鸡们。当时并不知道这是地震的前兆。我家住在离县城不远的唐坊镇上。小镇大多是平房，姑姑和表姐来镇上看病，也住在我们家。晚上有电影——《看不见的战线》和《侦察兵》，都是老片子，对门的小伙伴儿刘四新招呼我去看电影，他知道我是个电影迷。那天不知为什么，就是不想看电影，我摇头说："你去吧，老片子，我不想看。"刘四新自己悻悻地走了。

母亲奇怪我的行为，"过去为了看电影，深夜跑到外村去，今天送到家门口来，倒不想看了"。我也奇怪，是鸡不上架影响了我的情绪？不是，就是当时的情绪不对头。天气闷热。我呼吸着热风，浑身被汗水浸着。我到后院鱼塘里洗了个澡，看见鱼塘的鱼一下一下地向上蹿着。有一条鱼竟然跳到我的头顶，跳几下，飞过去，让我体验了一回鱼从头顶飞过的感觉。我抓住一条鱼，好奇地看着,笑着,又慢慢将它放回水中,并不知道可爱的鱼儿在警告我,几个小时之后,就将有一场灾难来临。

我从鱼塘里爬出来,回到院里,四周一片漆黑。一切都是静静的,我无聊地看着天空,没有一颗星星,十分疲倦地回到房间睡觉了,太热,我使劲儿挥舞着蒲扇,母亲也给我扇风。姑姑和母亲什么时候睡的,我全然不知,自己慢慢地进入了梦乡。

灾难到来之前,据说有一道蓝色的地光,后半夜三点多钟,母亲刚刚从外面看鸡回来,说看见地光,电闪雷鸣的样子,以为要下雨了,就赶紧进屋。还用毛巾擦了擦我额头上的汗珠,我没有醒,是地震给我摇醒的。大地处于一种强烈的痉挛中,先是猛猛地跳几下,然后左右摇晃着,我听到一种从没听过的撕裂声。“哐哐”,时间很短,只见墙上的水泥片生硬地砸在我的身上、脸上。母亲和姑姑喊着:“坏啦!”母亲护着我的身子,有一块砖砸在母亲的右眼旁,马上就流了血。母亲不顾自己,使劲儿护着我,把我搂在怀里。只听姑姑说:“往外跑啊!”姑姑和表姐就跑到窗前,母亲也拽着我来到窗前,窗子摇晃得厉害,一下子把我甩了出去。我们再爬起来,我正要跳的时候,母亲忽然一把拽住我,窗前的院墙就轰地倒下来。我多亏没跳,否则会被厚厚的院墙埋住。

我没跳,灾难也没轻易地放过我们。轰隆一声,房顶的檩木和砖块就砸了下来。房顶落下的一刹那,我们都被震倒了,多亏有一只箱子放在土炕的东头,房顶直接砸在箱子上。我们被埋住了,但有一个小小的空间。我们都活着,艰难地呼吸着,感觉着。刚刚震完的十分钟,大地是异常的沉静,没有一点儿声音,我们都蒙了。过了一会儿,妈妈颤抖的手渐渐摸过来,乱抓着我的头:"明山,你没事吧?"我小声说:"妈妈,我没事儿。妈,这是怎么啦?"还没等妈妈回答,就听见外面的人喊:"苏联打过来了。原子弹,赶紧找武器。"我听出是住马路对面的何大树喊的,他是镇上的民兵连长。妈妈看了看姑姑,疑惑地问:"真是苏联的原子弹?"我想了想说:"不会,我们参加挖防空洞时,听老师讲,原子弹威力大,我们压在里面也不能活着。"这时,外面就有人喊:"是地震啦!大地震啊!天塌地陷啊!"

地震,就是地震!这魔鬼,无情无义的魔鬼!这时我对地震有了最刻骨铭心的仇恨。我还能活吗?妈妈在里面鼓励我,让我坚持,然后自己喊着:"救人啊!"我也想喊,母亲不让我喊,怕我消耗精力。我喘息着,想哭了,母亲不让我哭,说哭也会伤神的。我憋足了气,使劲儿往上拱了一下,砖石坚固得很,檩木上还有一颗钉子扎了我一下,我又缩回来。我马上想到白天打死兔子的事情,立刻沮丧地想我不能活了。母亲不是不让我伤害兔子吗?可我又不甘心,我刚刚 14 岁,生命就这样完结了吗?我还小,我没活够,我要出去。不一会儿,外面就下雨了,不断有水滴落下来。维持我们呼吸的空气的空隙就要慢慢被雨水填平。那时,我们会被憋死的。我已经感觉呼吸艰难了,嘴唇咬破了。母亲和姑姑大声喊着,呼救着。回想当时,鼻腔里火辣辣的,喉咙口像是塞着一个泥团子。我想把喉咙里的泥团子抠出来,可我几次伸手,手臂都不能回弯。我曾绝望过。在绝望之前,曾出现一个幻觉。我又跳到了后院的鱼塘里,水面上泛着蓝莹莹的光,仿佛是目光迷惘的眼神或盛满泪水的花瓶。我从没见过这样好看的花瓶。花瓶漂泊在水面上,显得很高贵、柔和、缥缈。这种蓝色是不是象征着无边无际的无限和寂灭?

我知道,我快要走了。我留恋也好,伤感也罢,都没用,也就是一口气的事情,就看上帝的手怎样拨弄我了。阎王爷开眼,并没有收留我。即使我杀了兔子,他也没有惩罚我。快到中午的时候,邻居们纷纷赶来了,很快就扒出了我们,我没有受伤,可母亲的腿和眼窝在流血。姑姑用一个布条子给母亲擦眼角上的血。我们哆嗦着躲在院里的黄瓜架旁,感受着恐惧的余震。母亲默默地说:“你爸爸,也不知怎么样了?”当时爸爸在三十里地外的稻地“五七”干校集中学习。稻地是个古镇,离唐山二十里地,事后我才知道,父亲所在的稻地是整个地震的震中。

呼救声不断,我请求母亲让我到别的人家里救人。母亲摸摸我的头和身子,见我身上真的没伤,就点头答应了。我走前,母亲从黄瓜架上摘下一根黄瓜,让我吃了,管饿又解渴,救人好有劲儿。我大口大口地吃完黄瓜,就飞快地跑了出去,跑过默默的裂缝,看见裂缝里往外冒着黑水,水里夹杂着沙粒。我跑过高低不平的废墟,加入救人的行列。我跟着大人们救活了十几个人,也帮着大人拖出十几具尸体。我的手指流着血,但是自己已经没感觉了。到处是死尸,到处是哭声。我看着破烂的世界,感觉换了一个天地。累得不行了,就软软地跪倒在地上,身边就是一条死人的腿。

当时人的眼光不是长远的,而是现实的。我刚刚站立起来,母亲就来找我,听说陡河水坝给震裂了,水库的水位比我们的陆地高出十米,有三千六百万立方米的储水量,一旦崩塌这里就要变成一片汪洋,得赶紧往铁路上跑。母亲告诉我的时候,我看见许多人家,扶老携幼,纷纷往铁路方向跑。母亲、姑姑、表姐拽着我,也跟着往铁路方向跑去,心里想象着大水冲过来的惨景,老天难道真的不让我们活吗? 不被砸死,还要被淹死吗?

往铁路上跑的途中,我看见镇上的理发师黄顺,平时他爱唱京剧。黄大叔推着一架小排车,车上盖着什么东西。他神情木然,慢慢地朝铁路相反的方向推着车,我和母亲问他为什么不往铁路上跑,黄大叔看了我们一眼,默默摇头,推着车继续走着,我细一看,破毯子下面露出三只脚来,一问才知里面盖着四具尸体。他的一儿一女、他的妻子和母亲都震亡了。他孤寡一人了。他的嘴嚅动着,摇晃着,消失在我们的视线里。第二天我看见他的时候,他的满头黑发全白了。过去听人说一夜白了少年头,我不信,这次我看见了,黄师傅的头发白得像是棉花,或是像雪。后来我在他理发馆理发的时候，没听见过他再唱京剧。

来到铁路上，看见歪歪扭扭的钢轨上聚集着好多幸存者，还有伤员和死尸。一个四十多岁的男人是我们镇上的电工，他没有穿短裤，救了那么多的人，天亮才知道没穿着东西，就从坑边拽来一片宽大的倭瓜叶，用小铁丝系在腰上，遮挡住隐秘部位。伤残人待在铁路上，我和能动的人一起，又加入救人的行列。晚上，水库大坝的险情排除了，听说有解放军一个排跑上水库大坝泄水，由于没电，泄洪闸提不起来，战士们就用钢丝绞车摇，其中一个战士被绞掉了一只胳膊，大闸被提起来了。

天黑如墨，我们回到家里。哪儿有家？只是废墟。我们吃着扒出来的绿豆糕，等待着父亲的消息。救人的时候，我的心里总是惦念着父亲。这里，离我们不远的公路上，烟尘弥漫，马达轰鸣。解放军十万救灾部队，摇晃着向唐山开进，仓促、混乱、火急火燎的。有一部分军人留在了我们镇上。飘着红十字旗的医疗车队也开来了。我冒着余震的危险，从废墟里扒出了父亲的袖珍收音机，一打开，竟然还能发出声音。听见新闻联播在播新闻，说唐山丰南一带发生了7.8级强烈地震，还说病榻中的毛主席听见这个噩耗，都哭了——当时有不少人，哭泣着举着拳头高喊：毛主席万岁！一个伟人在最后的时光里，还在做着一生中最早立下的誓言："拯救人民。"废墟中的唐山在他的心中。许多年以后，新唐山依然留着那殷殷温热。谁知道，两个月以后，毛主席他老人家

114

就离开了我们。有人说,唐山人是给他老人家做伴儿的。据说新中国刚刚成立的时候,毛主席唯一亲笔题词的市级党报,就是《唐山劳动日报》,现今还在用着主席的题字。唐山人一直引以为豪。

我想骑自行车去稻地找父亲。母亲不放心,让我再等等,其实母亲也是心急如焚。这时候,乡下的姑夫来了,姑夫骑车去父亲学习的"五七"干校找父亲。姑姑则到祖宗的坟头上,烧纸祈祷。姑姑说祖宗显灵了,说我的父亲还活着。我和母亲听了非常高兴。到了后半夜,父亲顶着细雨回来了。母亲和姑姑都觉得是祖宗保佑着他的后人。其实,当时的父亲是很危险的,他所在的干校是震中,他住的是集体大宿舍。地震的前一天,有位老干部怕风,要求与父亲换床,父亲就换了。父亲换到了紧挨门口的地方,一震,父亲就被荡出房间,甩到了外面的菜地上。那个老干部被砸死了。父亲还抢救了很多人。

前面我提到的对门小伙伴儿刘四新,我想说说他的不幸。他喊我看电影,我没去,他是我们扒出来的。震后的第五天下午,我们看见直升机来了。飞机在没有开通的铁道线上盘旋。有人喊:"飞机空投压缩饼干,还有大饼。"我们饿了,粮食压在废墟里的确扒不出多少。我和小伙伴们好奇地追着飞机,准备抢上一些食物。尽管有民兵维持秩序,还是控制不住混乱局面。我和四新眼看着飞机向下俯冲过来,就飞跑过去,四新比我跑得快,黑乎乎的袋子一个个往下落着。谁知,不幸的一幕发生了,我眼看着一个

115

袋子落在四新的头顶上,噗的一声响,四新就被砸在地上了。我和民兵赶到的时候,扒开他身上的饼袋,四新已经死了。死时,他的脖子没有了,脸是扁的,紫颜色,没有一滴血。再扒开饼袋,大饼已经馊了,不能吃了。我很伤感地喊来四新的家人,一起把他掩埋了。

我还是个孩子,当时干的都是大人的活儿,拉水、建简易房,甚至学会了木匠活儿和瓦匠活儿。震后我们家的房子是我垒起来的,我们学校的房子都是我们这些孩子建造起来的。我感觉,我过早地长大了,一下子苍老了许多。当时我们班共有五十一个人,等到学校见面的时候,有少一半的同学震亡了。老师点名的时候,没人"到"的,这个人就是走了。我们木了,说谁谁死了,就像今天说谁上外地出差一样平静。其实,平静是表面的,我们内心在流血,眼睛里含着泪。班长死了,最后是老师代替班长喊了一声:"起立!"我们默默地站起来,低头向遇难的同学默哀。下课的时候,我们到河边采摘了一束束白色的野花,分别放在遇难同学的桌子上,深深地向他们鞠躬,祈祷他们能在另一个世界里,组成一个新的班集体。

我的同桌小勇胳膊上缠着黑纱。他跟我讲起他父亲的死。他家里的房子没有全部散架,本来他父亲拉着全家跑出来了,是那台缝纫机,诱惑着他的父亲重新跑进去。父亲跑进去了,刚刚抱起缝纫机,余震发生了,父亲被压在新的废墟里没能再跑出来。

有一个老人,在学校的废墟上放起了风筝。走到跟前,我认出他是我们班贾志旺的爷爷。贾志旺跟着老师守校,震亡在学校里。他爷爷给他做的风筝,他还没用过一次,爷爷坐在孙子的坟头旁,给他放风筝,还喃喃地说着话:"志旺,志旺——"

我们看着风筝,开始重建家园。有时候,生命的理性在意识里藏得很深,那一刻,我们望不到生命的旗帜。这只风筝,就好像是我们生命的旗帜。

唐山是凤凰城,古有凤凰栖落大城山山头的传说。凤凰是唐山人民心中的吉祥鸟。可是凤凰飞走了,在这个漆黑的暗夜里,痛苦飘落了。唐山有 24 万人震亡,几十万人伤残,七千多户人家断门绝烟,也使我们幼小心灵出现了一个巨大的断层。要弥合这个断层,得要多长时间?需要多少人间的爱?当时全国人民都支援唐山,唐山的伤员被运送到全国各地,唐山的孤儿有了依靠,政府在省城建立一个育红学校,我的一个老师就被临时抽调到那里。我目睹了唐山人送别孤儿的场面。

刚刚修复的唐山火车站广场,三千多名孤儿默默地站在那里。他们身上都别有一个布条子,登记着姓名。我看见一个孩子腕上戴着两块手表,就问身边的老师,老师说:"一块是他妈妈的,另一块是他爸爸的。"还有一个孩子脖子上挂着一个缝纫机机头,这可能是他家的全部家当了。我还看见大一点儿的孩子怀里抱着刚刚满月的孩子,孩子手腕上的条子空着。市里的一个老领导,颤抖着来给孩子们送行,他摸摸孩子的头,抱抱孩子,亲亲他们的小脸蛋儿,最后颤着声音喊:"你们是唐山的子孙,永远是我们唐山的儿女,眼下我们没条件,先送你们走,等新唐山建成了,我亲自到省城接你们!"说完,他身体一晃,吐出一口鲜血,仰天倒地。我眼看着老人倒下去了,直挺挺地倒下去了。人们把老领导抬上了汽车。当时,孤儿队伍里乱了,哭声一片,火车缓缓开进来,孤儿十分有秩序地上车,火车为老领导、为唐山死难者鸣笛三分钟。事后,我才听说,那个老领导医治无效死去了,医生含着眼泪说:"他是为孤儿而死的,他已经身受重伤,内脏出血,他没吭一声,默默地组织抢救孤儿以及对他们的安置,硬扛了一个多月,已经是个奇迹了。"

我去远处拉水,还看见了惨烈的一幕:埋尸场。在唐山与我们丰南之间的三角地有一个砖窑,砖窑长年取土,挖出了一个深深的大坑。解放军的一个连队在这里负责掩埋尸体。由于尸体腐烂了,解放军戴着防毒面具,尸体也装进塑料袋里。我记得一个个头儿不高的解放军叔叔,手里摇着一面旗子,这面旗的颜色很难辨清了,反正它在我眼里是黑色的。这位解放军叔叔嘴里含着一个哨子,他一吹哨,手里的小旗就使劲儿一摇,哗哗一响,工兵连的战士就把尸体往坑里铺一层,密密麻麻。解放军用铁锹往尸体上扬着石灰。空中有一架直升机喷洒着药物,白色的药物像夏天早晨的浓雾。我眼里的飞机就像一只飘荡的风筝。我木然地看着,心中没有恐惧,只是在断裂。后来我听说,这个解放军一挥手,就有一万具尸体埋进大坑。这个大坑总共埋着十六层。十六万人的亡灵在这里安歇。

人生的意义就是把个体的天然悲剧演成喜剧。家的意义同样是把悲剧演化成喜剧。给家酿成悲剧的意外有万千种,可是地震是对家造成破坏力最大的一种。地震以摇荡的形式突兀地开始,许多个家庭是以残缺的哀伤蒙眬地结束或夭折。当新的家庭再次组合起来的时候,总是带着灾难的阴影,走出这个阴影要经历多长时间? 需要多少爱?

我还目睹了无数个幸福家庭在灾难瞬间的毁灭、挣扎、互救和组合的感人情景。

我对家庭的印象里,似乎女人与家的联系更紧密一些。对于男人来说,对待幸福应该就像对待女人;对于女人来说,认识家庭似乎就是认识男人。有这样一个家庭,有这样一个女人,地震中经历了非同寻常的磨难。她与恋人刚刚从知青点返城结婚,组成了一个美满幸福的家庭。*他们的爱曾让那么多的人羡慕。男人是开滦煤矿的技术员,他那天在井上值班,而女人也在医院值班,她是医院的护士长。地震发生后,男人没有砸在废墟里,可女人却因为救护一个产妇,砸在废墟里,压了四天四夜。她受了重伤,还用仅剩的一瓶葡萄糖水喂活了怀里的那个婴儿。当解放军把她扒出来的时候,她因喉咙塞着一团泥而窒息。男人抱住她的尸体,含泪把她送到万人坑统一掩埋。天下起了大雨,男人走了,雨停之后,解放军在掩埋坑里,突然发现她还活着,因为雨水冲掉了她喉咙里的泥团。解放军就赶紧把她送到飞机场,送往武汉治疗。男人不知道她还活着。此时,女人的妹妹也刚刚结婚,妹夫也在劫难中死去了。在她妹妹受伤、痛不欲生的时候,得到了姐夫的帮助。而姐夫还有一个四岁的儿子。为了照顾姐姐留下的孩子,也为了弥合震后的创伤,他们很快就组合成了一个新家庭。这是一个真实的现象,唐山当时有好多破损家庭重组十分迅速。半年后,姐姐出院回到唐山,见到这个情景,简直无法接受。妹妹就想离开姐夫,让他们走到一起来。可姐姐不愿意再破坏他和妹妹的幸福,就举手宣誓做了儿童村的妈妈。

我们看见的是两个家庭:一个是充满奉献意味的大家庭。一个是组合后愧疚不安的小家庭。他们互相搀扶着,安慰着,寻找新的爱的支点,用人间的大爱来弥合灾难造成的创伤。

当我采访这个姐姐的时候,问她为了妹妹或者孤儿而牺牲爱情的时候,是如何想的,她只说:"如果家庭是七巧板的话,爱情只是其中的一块。虽然我的新家庭没有了爱情,可并没有丢失了爱。我喜欢这些孩子,孩子们也是爱我的。是我们共同的爱,支撑着我们的幸福!"

她的这番话使我很感动,让我们看到了人类战胜灾难过程中的伟大的爱。家庭不仅仅是单一的模式,也不仅仅是欢乐的抚摸，不仅仅是生儿育女，从某种程度上说，家庭就是一种感觉。

无尽的人海中，你我他，相逢、相聚和相知，却又分离。你想念缘分吗？那是一种美丽而温暖的牵系，你的身影出现在我的视野，他的眼睛凝视着我的家庭。你知道吗？你我他，谁也走不出家庭的幸福，走不出祝福和思念。

还有一个家庭，这是一个特殊的家庭。唐山电厂的一名女工，在地震前与男友相亲相爱，地震的前两天他们领了结婚证，就要到天津旅行结婚。因为她的男友是在天津海河边长大的，对家乡十分有感情。他们本来买好了地震那天晚上七点钟的火车票。他们赶到火车站的时候，因为她家里有事，而更改日期回到家里。谁知，夜里地震就把这个刚刚建立的小家庭给毁灭了。男人当场被砸死了，从废墟里被扒出来时，他手里还紧紧攥着那张车票。女人保留着那张车票，痛不欲生之后，毅然离开了这个城市，到了天津，举行了一次没有新郎的旅行结婚仪式。她抱着男人的骨灰盒，站在海河边默默地对他发誓："我要留在这个城市生活，永远不嫁，永远陪着你。"说着，她的眼泪就簌簌地流了下来。

果然她后来就没再嫁人，单身生活到今天，抱养了一个地震孤儿。她感觉自己有了家，别人也以为她有个家。她原来在纺织厂工作，如今下岗了。她说自己的家很好，因为他们真正地爱过一次，不论结果如何，他们都不虚此生！人们为她这个家庭而惋惜，而钦佩，而感动，也对灾难有着本能的控诉！

纯洁的爱只以爱为目的,以爱组合的家庭是纯洁的。女人对第一次的爱终生不忘,而男人对新近的爱特别倾心,我们有时就想,如果活着的是那个男人,他也会像这个女人这样吗? 不是让人们在情感上撕裂自己,梦中一样可以寻找家庭的芳香。

既然有爱来叩门,家庭就必须做出回答,家庭就像一本印刷好了的曲谱,任由男女演唱者自己来填词,这个词就是热爱和珍惜。我们的家庭面临的威胁还少吗? 幸福的家庭拒绝地震,被地震摧毁的家庭依然幸福。因为我们人类有不朽的精神,有不朽的爱,它以足够的智慧来补偿那欠缺的一角,来慰藉和抚摸不安的灵魂。

没有欢乐的日子,有家就是欢乐。人是不朽的!

经历这场灾难的人是不幸的,经历这场灾难的人又是幸运的。我看见了人间的友好、互助的光辉。生命最可贵的精神,在灾难中怆然复活。这是我人生的一个重要经历,我常常对大地进行诅咒式的祈祷,由谁来开拓不幸灾难的救赎之路呢? 就不幸而言,没有公道;就颤动而言,大地不会停止。有消息说,我国已进入了地震活跃期。1998 年,张家口坝上的张北尚义地区发生了地震。我去了,坝上粗粝寒冷的风,卷起漫漫黄尘,模糊了我的视线。我们问大地:“你的心脏是不是有裂痕呢?”生命最常见的表情,渴望弥补大地心脏的断层。你为什么常以无序、顽固的颤动对待每个生灵? 我多想游走于裂痕之间,捧起一片新土,将裂痕耐心地对接好。

人的意愿与大地的颤动无关,谁能挽留安宁?就像人不能留住逝去的岁月一样。当我们抚摸一块残砖、一道地逢、一方断壁时,觉得是在破译灾难的谜语,有一种说不清楚的情绪滋生。只有爱,人间的大爱,整个弥漫了那个颤动的黑色日子。

今天走在张北震后的土地上,我们忽然看见村头简易房前放风筝的孩子,他们在断裂的土地上快乐地奔跑着。一个老人眯着眼睛看着风筝,目光里是沉静和安详。孩子们的激情在风筝的飘荡中延伸,他们童真的目光超越了地平线。

他们和我一样,都是地震的幸存者。我为他们祝福。过了一会儿,放风筝的孩子,将风筝的绳索拴在树杈上,风筝是高高飘扬的,可在我的眼里,却忽然飘落了。我揉揉眼睛,看见孩子们默默趴在土地上,好像是静听着什么。他们在聆听什么?我猜测,他们是在听地声。经历过地震的孩子都习惯听地声。大地颤动之前,是听不到地声的,大地同样沉睡着。如果有声音,也是去日循环过来的声音。这声音压抑太久,爆发时是那样强烈。是当年的地声带给了我耳鸣。生活的渴望将这恐怖的声音化成新的声音,将那个稍纵即逝的颤动凝固成永恒的风景。大地是神,不可随意去冒犯;大地是物,也请你展开仁慈的风度吧,造就生命的瑰丽,给我们以生命的意义。还是让我们祈祷安宁吧。从吉祥的景色中,我似乎看到了大地反省的眼神。

祝愿我们永远生活在平安的环境里,别让地震毁灭我们美丽的梦,让吉祥的风筝飘荡在碧蓝色的天空。

唐山，一个凤凰起舞的地方

　　故乡唐山是我人生路上的一盏灯，是情怀，是我生命中的重要养分。眯眼一想，那个城市的特征就呈现在眼前了。

　　这座城市里有两座山，一座是她的标志，一座是她的名字。一只凤凰妈妈，带着三只小凤凰，来到人间寻找适合自己生活的地方，飞经这里的时候，一只小凤凰被优美的景色所吸引，于是从天而降。因此，这里也被称为"凤凰城"。在游人如织的凤凰山公园，遥看那座凤凰化作的山，踏着石径和隙间蓬勃而出的小草，脚下的深层地带，是千百万年生成的太阳石，这只凤凰借助炽热的火焰不断获得新生。大地震的涅槃尤其证实了这个神话，一个凤凰起舞的地方。那时候这座山还没有名字。当年唐太宗李世民东征曾屯兵于此，便用国号赐名为唐山。唐山既有凤凰的清秀明丽，又有冀东平原的质朴和粗犷。

　　凤凰是有尊严、品格和精神的。所以，我们常常从唐山人的尊严、品格和精神上寻找这个英雄城市的灵魂。我小时候在美丽的煤河岸边长大,听说煤河是运河,专门来运唐山的煤炭。我向往唐山那个神秘的地方,后来听说那里不仅有煤,还有钢铁、有陶瓷、有水泥。这个工业城市,孕育了工业文明。工业是唐山的特色,光绪八年,唐山拉响了中国近代工业的第一声汽笛,中国第一台蒸汽机车、中国第一袋水泥、中国第一件卫生瓷等,从此诞生。由此也培养了唐山人的工业性格。工业性格的特征就是质朴、豪放、泼辣和幽默。唐山女人是刚柔并济的。刚,则豪放泼辣;柔,则多情如水。过去在我的想象里,唐山的颜色应该是黑的。可是恰恰相反,唐山的城市是白色的,比如白色陶瓷,比如亮丽的小洋楼。

唐山人的穿着不土气,虽然不如北京人,但是基本上与北京同步。因为是工业名城,唐山人穿着既有劳动人民的特征,又有时髦、端庄、清美的一面。食,可是唐山一大特色,唐山人非常看重饮食,以唐山麻糖、万里香烧鸡和棋子烧饼最为有名。饮食与酒相连,唐山人喜欢喝酒。

有了这种刚毅的城市个性,唐山人才顺理成章地战胜了灾难。唐山也像汶川一样,是因为灾难而被世人记住的地理名词。1976 年 7 月 28 日的唐山大地震,使 24 万同胞遇难,一座百年工业城市毁灭了,那是一次凤凰涅槃。我是其中的幸存者。我看见了泪水,看见了人性的光辉。爱的珍宝、温暖的互助,来自我们熟悉和不熟悉的人。它所有携带爱和智慧的能量,胜过地震的威力,让唐山人从废墟上站立起来,重新获得高贵的尊严。不能忘记,灾难面前唐山人民曾经是那么镇定、从容、坚强,他们有举重若轻的强大忍耐力,更有走出阴霾的神奇创造力。因为有这场灾难,唐山人对生命格外尊重,每一个灵魂里都有音乐,每个人的生命深处也一定绽放着一朵鲜花。纵然这鲜花是秘密的,纵然这音乐已经逝去。因此,我们不用苦难来纪念苦难,不用眼泪来纪念眼泪,面对废墟,我们栽上朴素的小花,穿过时光,我们添上今夜的烛光。生命是一场劫难中最应留下的东西,生命是度过黑夜的最终依靠,生命值得舍生忘死去维护,生命是奇迹和祈盼的源头!

我记得,每年的"7·28"夜晚,天空已经亮出一片星星。在唐山城市的街头、路口会燃起一堆堆的祭奠震亡者的冥纸,在明亮街灯的辉映下,纸火显得幽暗而飘忽。第二天,大街上会留下用粉笔或砖头画出的圆圈和一片片的纸灰。有人说,这是唐山街头一道独特的风景,这是唐山人心灵上的伤疤,这道伤疤承载了大地震带给我们的所有苦难和悲伤。逝去的人哪里知道,正是他们的离去,给众多亲人带来永久的痛苦。一个人的痛,无数人的痛,最终完成对痛的超越与升华。因经历了毁灭,才更加珍惜拥有;因目睹了死亡,才更加热爱生命;因感受过博爱,才懂得感恩。这次汶川大地震,引发唐山人深深的悲痛,在悲痛中爱心奔涌,怀着不愿回首的悲壮驰援汶川。

唐山人民在汶川救灾中创造了几个第一:唐山市政府组织编写的《唐山抗震救灾经验专报》第一时间被送往灾区,时任四川省委书记刘奇葆激动地说:"这个对我们很管用!"唐山医疗队和抗震救灾抢险队是第一支到达成都的外地医疗队和抢险队。唐山向灾区派出了第一支由心理专家和地震孤儿组成的心理咨询志愿服务队。短短几天,唐山人为灾区献血八万毫升。迄今为止,国内民间个人最大一笔捐款一亿一千万元,出自唐山地震孤儿张祥青之手;唐山民间捐款两亿四千万元,加上张祥青的捐款,总数超过了三亿,位居全国地级城市之首。唐山孤儿组成的心理救助队到汶川之后,灾区乡亲们的眼睛模糊了,泪水涌了出来。他们熟悉那温暖的怀抱,熟悉那快人快语的声音,这让他们想起表演艺术家赵丽蓉。

天若有情,天亦感动。唐山人民的爱心和善举,不仅需要善良、力量,更需要大的勇气! 所以说,唐山人不仅仅是感恩,还有传承至今的燕赵侠风以及中国人同心赴难的民族美德。如今是物化的商品社会,唐山人经历过大难,应该有后福。后福里有他们的汗水和信念,他们懂得创造、懂得生活,无论遭受怎样的打击、困难,都能容忍,都能奋争,都能保持昂扬向上的心境。唐山既有厚重的一面,又有飞扬的一面。地震时矿井里损失很小,说明没有损伤根脉,因为有根脉,精神就不会倒,有了精神,是什么样的奇迹都可以创造的。抗震精神使这个城市有了生命,有了灵魂,有了出神入化的魅力。

现在看来,灾难都是以文明进步作补偿的。昨天并不仅仅是一种残酷的毁灭,还有一种沉潜,一种积蓄。唐山人沉醉在自己的幸福和骄傲之中。无论白天还是夜晚,我们都感觉有一种巨大的光源,正是唐山的自身照耀,点燃了我们的生活,点燃了我们的灵魂。我仿佛看见唐山这只美丽的凤凰重新凌空起舞了。

劫难后的唐山人

说起唐山人，就无法躲开那次大地震。

有时候，生命在我理性、炽热的视线里，藏得很深。那一刻，我们望不到生命的旗帜。只有生命不屈的断层，还有废墟上生命灾难的舞蹈。1976 年 7 月 28 日，是我们唐山人的蒙难日。强烈的地震，把我的家乡变成血与泪浸染的废墟。

那一年，我 14 岁。当亲爱的邻居们把我从废墟里扒出来时，已是震后的第二天了。唐山是凤凰城，古有凤凰栖落山头的传说，凤凰一直是唐山人心目中的吉祥鸟。凤凰飞走了，深深的暗夜里，飘落着，在人类最痛苦的时候，让百万人的心灵，出现了一次前所未有的巨大断层。

我感觉，那一刻，把我的生命分为两层。几十年过去了，那个悲惨的瞬间，已消隐于岁月的风尘。可是生命和心灵断裂的痛苦，依旧牵引着我的思绪，去寻找留下苦难的故事，让生命的脚步声复活在春天的纸页里。

看看今天的日子，是灾难后的安宁？是觉醒，是伤感，还是喜悦？抗震纪念碑像四只伸向天际的巨手，是这片土地不屈而成熟的嘱咐。我想理解生命，找到一老一少的幸存者，以音乐的方式，弥合生命的断层。

杨煜，是我的兄长、朋友。他已是很有成就的音乐家了。震前，他拥有一个幸福美满的家庭，地震夺去了他的妻子、儿子和女儿的生命，留下他一人弹奏着哀伤的曲子。从1983年开始，他以全部生命和心血创作《C大调第二钢琴协奏曲》。我看见他总谱的扉页上，郑重地写着"献给唐山多灾多难的土地，献给家乡不屈的生命"。在纪念抗震十周年之际，他的这部作品连同他与枫春、韩溪共同创作的交响大合唱《唐山，烈火中再生的凤凰》一并进入中南海怀仁堂演出，中央电视台向全国现场直播。看着画面，听着音乐，杨煜哭了。他对我说："那一刻我感到生命的断层弥合了，好似偿还了一种夙愿。"我终于听懂了他的心音。

经历这场灾难的唐山人，把灾难当作人类生存命题来思考的人并不很多。但是他们更加珍惜安宁的生活和人间的爱。每年清明节，唐山往往有落雨，人们默默对死者进行祭奠，在大街小巷的十字路口，他们焚烧寄托哀思的冥纸，连雨和风都是黑色的。但他们心灵的断层弥合了。在焚烧冥纸的地方，我找到了地震孤儿党育苗。在大地震中，失去父母的孤儿有4204人。这些孤儿，

131

当时年龄小的还在吃奶。年龄大一点儿的也没有生活自理能力。当时,党育苗才是六个月的婴儿。

党育苗如今已长大成人,在唐山市路北区民政局工作。1991年春节晚会上,江泽民总书记接见的唐山孤儿便是她。震后育红学校收养了五名婴幼儿,两个大的一周岁,三个小的才六个月。校党委和阿姨商量,为婴儿们起名党育红、党育苗、党育新。她们都姓党,是党的女儿。党育苗收到党育红从维也纳寄来的一盒录音带。她深情地听着,默默地哭了。她说,她们三姐妹很早就分开了。党育红被外国人收养,成了维也纳青年歌唱家。这盒带便是她唱的歌。不久,她又从维也纳为唐山的姐妹们捎来了自己的新照片。这声音,这照片,弥合了她们心灵的断层,使命运沉淀为黄金。

一曲音乐,凝聚了人类抗争灾难的思考和精神。眼睛告诉心灵的故事是不会忘记的。生命可贵的精神,在生死涅槃中怆然复活。在死神投下阴影的地方,岁月中的每一步,都是生命之轮看得见的转动。我手中的笔如何抒写这生命文本,如何追寻这场灾难?随想,有时会撷来生命的真滋味,更加懂得爱。

劫难使唐山人更加懂得爱、珍惜情了。记得那年南方发大水,中央电视台有个综艺节目,其中有著名演员赵丽蓉与巩汉林演的一个小品。赵丽蓉满口浓烈而亲切的唐山话,使唐山话更为广泛流传了。这个小品是讲唐山人为水灾地区灾民捐物、捐钱的事,唐山人看后感到很真实。外界以为赵丽蓉的话是标准的唐山口音,其实不全是,那是昌黎、滦县、乐亭一带的口音。赵丽蓉是唐山滦县人,她的口音味道浓烈是有地方基础的。有一次我在河北涿州参加"何申、何玉茹作品研讨会",会上说了几句心里话,参加会议的作家、教授汤吉夫老师笑着说:"听见你发言,就感到赵丽蓉来啦!"我听后就笑了。我问他:"唐山话是不是挺好笑?"汤老师说:"不,很亲切。"有时我就想,经历了大地震的唐山人有后福吧,唐山人出差到哪里,哪里就询问这场灾难,活下来的人总有那么一种侥幸心理,说自己命大福大,边说边感激当时全国人民的支援。几十年过去了,唐山人仍不会忘记那份殷殷深情啊!

1996年7月的一天,我从唐山抗震纪念碑前走过。得知上海医疗队又来唐山了。当年就是这支医疗队救护唐山伤员的。我就过去感受那些激动人心的场面。一位叫崔凤秀的大妈听说上海医疗队来唐山就诊,她见到医疗队的医务人员就喊恩人,然后泣不成声。她一家人还奉上一面锦旗:"双来双生二十载,恩深情重难忘怀。"当时我不知内情,一问才知道,是上海医疗队医务人员在大地震中为怀孕的崔凤秀接生,接下双胞胎。当时难产,医务人员可费尽了心力。家人当时为两个孩子起名,老大部双来,老二部双生。如今老大部双来在远洋宾馆工作,老二部双生职高毕业也走上工作岗位了。那年南方发大水,他们一家以部双来、部双生名义向南方发水灾区捐助了二百多元钱,钱不多,也算是唐山人的一点儿心意。这次见到上海医疗队来人,他们除了谢恩,医疗队临离开唐山时,他们全家又送给上海医疗队十斤麻糖。麻糖是唐山的特产,上面裹着蜜,他们全家的意思是祝愿上海亲人甜甜蜜蜜。"十斤"代表他们作为唐山人的实心实意,并祝上海亲人今后生活十全十美。可见,经历过劫难的唐山人每时每刻都在进行精神的洗礼,传递、回报着人间的爱。像这样关于劫难留下的感人故事,在唐山真是太多太多了。

打开岁月的栅栏,一边是我们经历过的往事,凝固了爱的姿态;另一边是通往明天幸福之殿的大门。唐山人格外喜欢"福"字。最近我把自己的一部长篇小说取名《福镇》,由此改编的电视连续剧也叫《福镇》。逢年过节,唐山人会在门上、窗上贴"福"字。大难之后必有后福。唐山人愿幸福永远环绕这方土地。在携手共度的人生旅途上,实现唐山人独有而珍贵的愿望……

燕赵大地的根脉

说到燕赵大地的根脉，就让我们想到河北人文精神。有根脉，精神就不会倒，精神还会在历史传承中充盈着新的力量。

回顾燕赵历史，我们有着无限的感慨和自豪。有个普遍的说法，自古燕赵多慷慨悲歌之士，其实，何止慷慨悲歌？早在百万年前，这里便有了人类聚居，考古学家发掘的阳原泥河湾古人类遗址就是证明。至今尚存的新石器时代的仰韶文化遗址更是遍布太行山东麓。在武安磁山文化遗址发掘的，人类七千年前从事农牧业生产和打制工具留下的陶窑、鸡骨遗骸，堪称世界之最。在文化方面，神话传说传递着燕赵远古先民的历史和文明，反映了燕赵大地开天辟地的艰难和勇敢；河北有一个古今人物传说的文化层，文化层中的历史人物都有辉煌的传说，如秦皇岛与秦始皇的传说。历朝历代发生在河北的历史事件数不胜数，比如，秦始皇方士徐福以寻找长生不老药为名东探海疆，在盐山一带招募培训童男、童女和百工,携带五谷良种和大量财宝为日本列岛带去中国文明。悠久的文明史,在河北发生的历史故事中最具代表性的有赵氏托孤、燕筑黄金台、荆轲刺秦王、将相和、韩信背水一战、戚继光抗倭、沙丘兵变等。自古以来,就有燕赵儿女不堪列强入侵,以河北威县沙柳寨拳师赵三多创建的义和拳为主,举起"扶清灭洋"的大旗。在抗战时期,地处华北腹地的河北,几乎县县、村村都有抗战的传说和故事,比如"狼牙山五壮士""冉庄地道战""雁翎队的传说"等。河北人民敢于斗争,勇于开拓,强国富民的民族精神、思想力量之重,无不显示着燕赵儿女的个性和品质。

因经历了毁灭,才更加珍惜拥有;因目睹了死亡,才更加热爱生命;因感受过博爱,才懂得感恩。这次汶川大地震,河北人民积极行动起来了!这些经历过唐山、邢台、张家口张北县大地震的河北人民,在悲痛中爱心奔涌,怀着不愿回首的悲壮驰援汶川。

天若有情,天亦感动。河北人民的爱心和善举,不仅需要善良、力量,更要有大的勇气!所以说,河北人民不仅仅是感恩,还有传承至今的燕赵侠风以及中国人同心赴难的民族美德。河北在建设沿海经济强省,要"三年大变样",这里有河北新人文精神的滋养,用汗水和信念创造新生活。河北人懂得创造、懂得生活,无论遭受怎样的打击、困难,都能容忍,都能奋争,都能保持昂扬向上的心境。河北既有厚重的一面,又有飞扬的一面。找其根源,就是因为它有根脉,精神就不会倒,有了精神,是什么样的奇迹都可以创造的。河北人文精神使燕赵大地有了生命,有了灵魂,有了出神入化的魅力。

无论是唐山大地震,还是汶川大地震,抗震精神都是一脉相承的。汶川大地震,生命中最宝贵的精神在灾难中怆然复活。三十二年前的唐山,留下了抗震精神。今天的汶川,是对唐山抗震精神的深化,是对民族心灵的净化与强化。其实,唐山伟大的抗震精神也是河北人文精神的一脉。正像有的人所说:我们这个时代需要,并正在形成的三大精神——一是以生命至上为核心的仁爱精神;二是以多元社会、文化并存为核心的宽容精神;三是以社会参与和承担为核心的责任意识。因而要建设一个更加人性化的仁爱中国,建设一个国内各民族团结和世界和睦相处的礼仪中国。抗击灾难带给我们的精神资源,是在两次大灾难中,我们的人民用生命和鲜血换来的,非常宝贵。是的,灾难改变了我们很多很多! 也许这是灾难留给我们最大的精神财富吧! 有人说,这次地震对我们的生活产生了巨大影响,心灵经历了一次洗礼,灵魂得到了升华。在灾难的考验面前,在真、善、美的感召下,相信有越来越多的人会反省自身,不断认识自我,不断提高自己。领导的改变、政府的改变、人民的改变,最终让我们的国家改变。这样的改变正在不知不觉地发生,并且有如春雨润物,潜移默化地、长久地产生影响。这种精神能量是无法估量的!

因为有西柏坡,红色是石家庄的品格。西柏坡让我们怀想那逝去的流金岁月。事实上,红色文化有说不完的话题,我们重新述说的时候还有几种可选择的余地,正是这种选择,才显示了红色文化的力量,那红色,像石家庄的爱心一样炽烈。前不久,汶川抗震英模报告团的同志到石家庄作报告,并参观了西柏坡。他们一下子读懂了,为什么我们的人民这样团结,为什么悲痛即刻转化成爱的凝聚?是因为红色文化在我们的土地上世代繁衍,生生不息。红色与人有了心灵感应,西柏坡,这个红色的小村向我们招手,彼岸不是虚空、不是境界,而是一座超级的能量供应站,是河北人文精神的源头。

奥运会在祖国首都北京举行了。这是我们中华民族的骄傲!因为河北所处的地理位置,燕赵儿女以什么样的姿态迎接奥运?河北人民心里都有这样的呼喊:保北京安全,保奥运安全,保奥运成功!为中国加油!这一历史荣光,为弘扬民族优秀品德和思想,弘扬我们河北的人文精神提供了空间和舞台。

河北人勇敢、开放、超越的个性和品质已经升华为一种不朽的人文精神,融入河北人民的血脉,成为燕赵文明新的灵魂,向世界展示出大爱的力量,展示出燕赵儿女战天斗地的崭新风采!如果历史的传说是一种偶然,那么英雄的中华民族和不屈的河北人民,则用这样一种必然告诉世界:一个民族和一方土地所拥有的坚强意志和它选择的勇敢面对,是任何力量也无法摧垮的!燕赵儿女是最强大的!这就是燕赵大地留给人类历史的核心价值和永恒思考!

天下最大的"庄"

都说石家庄是世界上最大的"庄",这个庄就是个"万花筒",说不尽,猜不透。我在这个庄里生活几年了。我深深地爱上了这个地方,因为它的质朴和丰富。

有人说河北省省会石家庄没有历史,我倒觉得她很有历史。李春建造的赵州桥,是世界上最古老的桥之一。那个阴雨绵绵的上午,我第一次登上心仪已久的赵州桥,感觉历史的通道一下子打开了,历史上的石家庄人,冲破了自造的樊篱,让聪明才智放出了光彩。这里还有着十分悠久的文化历史,唐代的马球表演、乐伎表演,北宋时期的宫词演唱都曾在古城正定留下千古余韵。如今还广泛流传着跑旱船、踩高跷、跑竹马、舞龙灯、狮子舞、霸王鞭等民间艺术,井陉的"拉花"、无极的"官伞"、正定的"常山战鼓"等民间歌舞,可谓百花齐放、争奇斗艳。有这些民间文化的滋养,我觉得石家庄会强壮起来。

我有时候夜归,走在黢黑的街道上,会发现这个城市的路灯很明亮,像一双双眼睛,使我产生一种被人惦念的温暖感。这让我想起石家庄的爱心。这是一个富有爱心的城市。当年唐山大地震,石家庄人给唐山孤儿建了一所育红学校。那么多老师、阿姨对孤儿非常热心,让唐山人感觉到温暖。这次汶川大地震,石家庄又接收了好多四川伤员,待伤员像自己的亲人一样。伤员伤愈要离开了,石家庄好多市民拥上街头,人们用眼泪送行,这久违的场面让我动容。石家庄人深井一样的爱,就像阳光一样透明。

　　气候一直是笼罩在石家庄人头顶挥之不去的阴影。这里是一个高压槽,夏天气候闷热,是我国有名的"火炉子"。石家庄人为了治理大环境,在城区里挖了一条美丽的护城河,来调节石家庄的气温和空气。我们走在河边,感觉它就是从远方流来的河,从高架桥、绿树、蝉鸣与阳光里,那个迷蒙的所在,奔流而来一条大河。除了闷热,石家庄还是个比较干旱的地方,就是这样一个地方,也许由于气候的原因,这里成了全国有名的"浴都"。石家庄投资上亿元的洗浴城就有十几家,比较有名的有"天鹅湖""龙世界""碧海云天"等。石家庄人似乎也习惯了到洗浴城洗浴,有的还带着家人和孩子到那里去洗浴。其实洗浴城已经超出洗浴范畴了,人们可以在里面餐饮、看电影、阅读图书、健身等。有个朋友对我说:"到了石家庄,先带我去洗个澡!"我笑了,人们在逐渐认识洗浴文化了。

说到石家庄，无论如何也绕不开石家庄的红色文化。我们自然而然地会忆起革命圣地西柏坡，新中国从西柏坡走来，也从石家庄走来。石家庄人以西柏坡革命圣地而自豪，紧紧围绕"红色精神"的铸就和弘扬做足文章。就像命运交响曲，三大战役那几声敲打命运的重击，反复叩问着我们胜利的根基。红色是石家庄的品格。仅仅听一听"知红色内涵、看红色传统、做红色后人"这样的主题，就够让我们怀想那逝去的流金岁月了。石家庄并没有把红色资源僵化了，而是运用得非常灵活自如。事实上，红色文化有说不完的话题，我们重新述说的时候也有可选择的余地，正是这种选择，才显示了红色的力量。红色是一种高尚的风景。那红色，像石家庄的爱心一样炽烈。

　　我们跟随着当代红色队伍，去寻访那壮怀激烈的历史风尘，踏上当年一往无前的足迹，感受红色文化的厚重，我们追念红色的勇敢，是对心灵的抚慰，讴歌西柏坡红色精神，是对新中国的赞美。前不久，汶川抗震英模报告团的同志到石家庄作报告。他们参观了西柏坡后就一下子读懂了，我们的人民为什么这样团结，为什么悲痛即刻转化成爱的凝聚？是因为红色文化在我们的土地上世代繁衍，生生不息。红色与人有了心灵感应。西柏坡，这个红色的小村向我们招手，彼岸不是虚空、不是境界，而是一座超级的能量供应站，是一种红色精神的源头。

　　这座城市的模样，已经刻在了我的心上。有时在街边走，尤论脚步匆匆,还是清闲悠然,我的目光总在寻找。偶尔,就会发现一座非常壮观的高楼或是什么建筑,一点儿也不土气。如今,他们喊出了"三年大变样"的口号。

英雄的石家庄已经快速崛起,原因是他们继承了红色精神,继续豪迈地前行了。

那片雾散尽了,春天真的来了。我感觉到,石家庄有一种尊严,有一种气魄,彻底摆脱了"庄"的自卑,她真是有实力傲视人间了。

太行泉涌

    太行山上有碉崖,有石岩山洞,叮叮咚咚山泉响。一年四季,这汪山泉与邢台城市的泉眼遥相呼应。阳光轻松地落在山路,泉水闪着光泽。各种鸟在泉眼处叽叽喳喳唱歌,充满生气,袅袅升腾的炊烟,缓缓化入云彩。

    太行山人,对幸福的理解是朴素的、简单的。有石头房,有山柴,有柴米油盐,老婆孩子热炕头,贴心贴肺地过日子。说来简单,这里的风景却深奥无比,极有韵味,极为独特。看不到泉水的时候,会听到清晨的鸟鸣,看见夜晚的萤火。山是宁静的,站在山顶看雾起雾落,银灰色的气流荡来荡去,不仅有望海的宽阔,还有烟火缭绕的生活图景。太行雄风阵阵吹来,飞入寻常百姓家。我想倾听大山的声音,追寻逝去的故事。

    邢台人常常不无自豪地说:我们是太行山的子孙。

    是啊,我们这次来邢台采风,喝上一口泉水,寻找太行山的精髓,此刻的心情异常激动。

鸟们放声歌唱,太行山人知道鸟儿终会去远方。

人类为了自身利益,重新集结在一起。世界那么大,都想去看看。走山路没有捷径。浩瀚巍峨的太行山向人们敞开博大的胸怀,拥抱那些勇敢者。红色历史的珍藏会在漫长的岁月里发酵,凝聚成文化的力量。原来,太行山脉位于中国华北板块中部,全长五百千米,宽约五十千米。山脉呈北北东—南南西走向。这里是华北平原和黄土高原的天然分界线,自然风光俊美,还承载着战略基地的功能。

记得是在春天,我来到了太行山的朱温坪村。这小村庄当年是抗日根据地,八路军一二九师兵工厂就在这里,冀南银行各种物资也藏在这里。1942 年,日寇大"扫荡",将八路军战士杀害,把山洞里的物资推下山崖,还给村庄点了火,烧了两天两夜。八路军和山民是吓不倒的,他们在华北平原搞破袭战,将截断的钢轨运到朱温坪村,村里铁匠继续打造武器。

山水相依,长风浩荡,历史的记忆,思想的浪花,征服的链条,就这样在山脉里网织着一个个立体的形象。大山为生灵而歌唱,不离不弃,鞠躬尽瘁,至死不渝。我想,太行山有多少种颜色呢?土、石头还有树木的颜色,说得清,也说不清。青色,褐色,还是杂色? 神秘而空灵。黑夜来临的时候,太行山和平原相连,我们仰观苍天,一片灿烂的星光。

太行山啊，你在想什么呢？有时候，太行山让我感觉到，山坚如磐石，风是自由的。云随风涌，我凝望太行山的上空升起了繁星，夜空竟然出现了一片被泉水洗过的星群，我惊讶于其绽放的光芒。思维和月色融为一体。驻足邢台的太行山山巅，你会有一种畅想，一种清凉，一种安宁，一种高贵。

炊烟散去了，山林在喧嚣中睡去，人在疲惫中成熟了，成为自信从容、旁若无人的精神巨人。秋天是收获的季节，五谷丰登。但是，秋天总要逝去的，冬天袭来，百树凋零，身心一阵冰凉，而文化和精神的痕迹是清晰的，隐藏在沟沟壑壑里，隐藏在群山之巅，也掩藏在美丽的太行泉城里。春天来了，我看到春天的花蕾含苞待放，布满欢欣的热望。

太行山在春天里醒来，在威严中透着温情。有时候，太行山质朴又带有一些伤感。

我想起那时的人们流下了眼泪，单纯明净的眼泪。

时光荏苒，太行山似乎在等待着什么。从表面看，太行山里没故事了，其实，我们在山里找到了久违的太行精神。我看见一个老头儿走过来，老人一脸慈祥，我问老人："在这太行山里生活，多悠闲啊？"老头儿笑而不答，然而心自知道。

太行山的沧桑，太行山的哀愁，我们都领略到了。她是高洁的，她放弃了世俗的身体，留下了高贵而纯洁的灵魂。

巍峨太行，峻岭叠嶂，青山绿水，白云缭绕。然而，大山也曾流下眼泪,留下沧桑和哀愁——是极度贫困让这里深深困囿。今天的太行山变了,这里有石头村、石头路和石头房,旅游民宿,层层叠叠。城里人到这里吃农家饭,吃核桃,吃板栗,吃高山苹果。太行山的沧桑,太行山的哀愁,我们都领略到了。就拿朱温坪村来说,山民缺的是钱、技术和信息,有的是力气。富贵险中求,靠采党参致富的山民走的是另一条险路。太行山农民的生活,什么时候才能改变呢?聂荣臻元帅与太行山阜平县人民感情深厚,当他知道那里百姓依然吃菜团子,含泪说:"阜平不富,死不瞑目!"党的十八大之后,前所未有的扶贫开始了,从扶贫攻坚到乡村振兴,勤劳的太行山人在党和政府的带领下经过一番苦斗,迎来了富裕的生活。

太行山也承载着丰富的文化积淀。积淀越深厚,新创文明之路的意蕴就越丰富。

我在邢台博物馆看到了邢台的地貌图:城区坐落在太行山东麓的冲积扇地带,西高东低,延绵的太行山脉阻挡了东部吹来的暖湿气流,让西部太行山区降水充沛,山里地表水渗入地下,所以平地出泉无数,被誉为"太行泉城"。"水涌百穴,甘露争溢"是太行山给予邢台的胜景。相传,甲骨文中频频出现的"井"字,就是演化后传承至今的"邢"字的初始文字。"邢"即井邑、井地。远在上古时期,黄帝亲率邢人利用泉水建井田,筑邑而居,史称"黄帝凿井,聚民为邑"。从这些传说中,我们也仿佛窥见了文化的奇境。在这生生不息的时间迷宫里，我们破译出一个个人间谜语，从中获得智慧和启迪。

在泉水源生态保护区，鹭鸟拍打着翅膀，低飞掠过水面，它们发出嘹亮的鸣声，仿佛在追逐升腾的云彩。那里，还有邢台特有的优雅而美丽的涌泉鸟。

远处那座山岩的姿态像达摩面壁，静默而虔诚地俯瞰世界，给我们留下了巨大的想象空间。那山岩上的参天古树，想必苍郁、挺拔，展现出一个强者应有的品格和力量。与之形成鲜明对比的，是古老的暗红色的石板，它们在阳光里闪着微光。

山连着山，无穷无尽。走在太行山上，我们常常听见歌声，几句简单的吟唱打开了我们的心扉，让我们翘首遥望。人与人是有缘分的，人与山也是。

清晨的微光铺洒在山坡上，我看见了山坡上的玉米、果树和土豆，看见了农民的腰杆在山风中一再弯曲，淌着汗水的臂膀在微微晃动。收秋了。秋天是收获的季节。

太行山啊，威严中透着温情，魅力无穷。

鸽群凌空而起，追随着纯洁的白云。如果我们愿意等待，在白鸽的呢喃声中，我们会看见那些飘浮不定的云彩慢慢地向太行山顶聚拢过来。这是富饶而绮丽的美。

时代唤醒了沉睡的太行山，太行山的一切色彩都如同象形文字，告诉我们前进的方向。这曾经寂寞的山脉，被泉水浸润过后，重新繁华起来。文化和精神的痕迹是清晰的,汇聚在群山之巅,隐藏在沟沟壑壑,也镌刻在美丽的太行泉城里。

创作了小说《白洋淀上》之后,我想,自己应该写一部充满烟火气息的关于太行山的小说了,书名就叫《太行山上》。我仿佛听到了山石深处传来动人的歌声,自强而又自信。

女性魅力

燕赵女性

　　时常听作家们聚在一起,谈论各地的女人。说上海女人娇气,北京女人大气,天津女人荡气,四川女人辣气,东北女人霸气,等等。每个地方的女人都能让人感觉到一些特点,却很难听到人们对河北女人的定位说法。但依我看,河北女人也是很有特点的,河北女人的特点包容在无特点之中。自古河北居燕赵之地,燕赵多慷慨悲歌之士。当然,这种说法多指男人,然而却不乏慷慨悲壮之女士。所以说,河北女人有极其刚烈执着的一面。另外,河北女人还有其质朴端庄的温柔美。这两种既刚且柔的特点,是呈极端化表现出来的。刚,则豪放泼辣;柔,则多情如水。

　　女人的优点和缺点大多由环境所致。南方的苏州、杭州多出美女,那里的环境典雅秀美。当然,这环境包括男人和水土。河北女人中刚烈豪放的一种,大多生在燕山山脉、太行山和张家口坝上。这些地区环境恶劣,风沙弥漫,所以自古以来出了个少女英雄、女侠客、女强人。当年喜峰口抗日,听说有一些女人手举大刀与日本鬼子厮杀。燕山脚下、渤海岸边的滦县,曾是名剧《杨三姐告状》故事的发生地。当年,河北籍的著名表演艺术家赵丽蓉在这部戏里担当重要角色。小小村女杨三姐为姐姐申冤告状,那份执着,那份刚烈,那份胆识,就很有燕赵女人的特点,更具唐山女人的特点。赵丽蓉是全国观众喜爱的演员,她的性格就有燕赵女人的优点,她将唐山人质朴灵动的老呔儿语言推向全国。有人说,男人不喜欢女人性格刚烈,而喜欢她们温柔贤惠。我看这是片面的,成大器的女人,大多是刚柔并济的,甚至是刚大于柔。这种性格的女人是可爱的,依然有女人的魅力。她们之所以可爱,是因为她们接近天然,代表四季循环。女人把自己的根须牢牢扎在本土,她们是晨露晶莹的青草地,而不是蒙眬悠远的风景。这类女人不仅仅靠美貌取悦于人,她们有个性,有追求,有思想,有底气。河北的这类女人往往能成大事。她们的大事业就在脚下。比如说,关外东北女人,往外闯荡的人很多,还有四川、湖南、安徽等省的女人,也习惯走出家园闯世界。但河北女人闯荡在外地的就很少,这里有观念上的原因,更有环境影响。

那年冬天,河北张家口坝上张北县等地地震。作为唐山大地震的幸存者,我去了那里,感觉那里的女人很土气,不爱打扮,甚至有些懒散。她们的目光是平静缓滞的。后来我就想,也许是因为这里太闭塞,女人的活动范围有限。但她们对待生活的态度十分认真,心理抗灾能力很强,甚至强过一些男人。这里的女人与承德大山里的女人有点儿接近,有时觉得她们的笑,也是高声、粗俗的。这里的女人与太行山等闭塞地方的女人又不一样。由于生活的限制和压抑,促成了这一地带女人的行为方式和生活方式。一旦碰上机会,这里的女人爆发强烈,十分执着。

女人不做不可及的梦,让自己睡眠安恬。我们河北女人,不仅刚烈,而且还有温柔多情的一面。她们在最深、最平和的劳动中,慢慢品味自身的美与和谐。比如,著名作家孙犁先生的名作《荷花淀》里,有个女人叫水生嫂,她在温柔的夜光下织席,为支前做鞋,是那么美丽、端庄和多情。这个艺术形象曾打动无数读者的心灵。孙犁先生写的是河北保定白洋淀的女人。河北女人将真诚、美好和慈爱挂在灵秀的手指上,在博大的心田里获得生存的智慧。

当然,今日的河北女性不能靠织席做鞋来展示温柔和美丽,但她们对男人和生活的爱不会改变。有人说,女人最辉煌的一瞬,是被她心爱的男人当作偶像崇拜的时候。这是共同的。但就这一类女人而言,每个地区也不尽相同。先从省会石家庄说起,石家庄这几年发展很快,但由于它成为大城市的历史短,原先只是个庄,所以这里的女人身上带着说不清的土气,温柔的女人说话也是大门大嗓,穿着搭配也不是那么和谐。有个朋友说,石家庄的女人何时能典雅高贵起来呢?然后有人答,咱这里不是那块土,即使装得高贵,装得很像,但一说话,那口调儿也会完全败露。相比之下,邯郸是古城,有着悠久的文化,滋养得这里的女人多少有些品位。还有保定,也是文化古城,这里的女人就有一种内涵和气质。与这两个城市比,唐山是以钢铁、煤炭、陶瓷著称的工业城市,唐山女人艳丽,但缺少文化,即便是温柔女人一类,明快有余而娴熟不足。但是唐山女人往往人缘好,使人没有距离感,亲切自然。比如,身为唐山玉田人的女歌星于文华,她以一曲"妹妹你坐船头……"唱遍全国。她在舞台上很受观众喜爱,人缘、艺缘皆佳,让人感到那种喜气、纯净和友爱之心。

河北女人是万花筒,说不尽,猜不透。我斗胆说这些不知对否。不管刚的、柔的,我祝她们美丽幸福……

我的母亲

别人说我是个孝子,我的父母却从没这样夸奖过我。是父母对我的要求太严格了吗?不是。原因是我的家庭从不把表扬放在桌面,孝心与关爱,都要默默地装在心底。

我是由母亲带大的。我的母亲是农民,我的父亲是干部,我的出身怎么会不好呢?"成分"怎么会高呢?这源于我的爷爷。我爷爷在天津的一家织袜厂当过老板,家里的一点儿土地雇用过几次民工。我家因此被划定为富农成分,那时我因为出身,也被荒唐地划定在没有前途的圈子里了。我出世的那些天,母亲抱着我,伤感地流泪:"这个孩子,怎么降生在这个家庭?长大了还有什么出息?"我朝母亲哭闹着。

上学后,这个噩梦就一直困扰着我。别的小朋友都戴上了红领巾,唯独我没有。看着别的小朋友欢快地打闹着、奔跑着,我心里埋藏着委屈,又生出对别人的羡慕。"我生下来就比别人低一等啊！我不能像其他孩子一样，出身让我丢掉了欢乐，丢掉了前途！"我心里诉说着、祈祷着，躲进冰冷的小屋祈盼春天的温情。

母亲看出我想戴红领巾，就偷偷用红布给我缝制了一条，我放学回到家，母亲看着没有串门的村人，就偷偷给我戴上。我戴上红领巾，对着镜子照着、瞧着，那个高兴啊！母亲却偷偷抹眼泪。我看见母亲哭了，便一头扑进母亲的怀里，"哇"的一声哭出来。母亲鼓励我说："不管怎么样，你都要好好学习。往后在家里种田，也得用知识啊！"无论母亲怎么劝说，我幼小的心灵还是被这个看不见的噩梦纠缠着，直到初中毕业那年，上级给我家落实了政策，我家被定为"下中农"，我可以和其他小伙伴儿一样面对生活了。到了十一届三中全会以后，"成分"这一栏彻底消失，见鬼去了。

父亲在外地工作，我们很少见面，直到我们搬到唐坊小镇，与父亲见面的机会才渐渐多起来。小时候，对我影响最大的还是母亲。母亲在镇上当妇女干部，耕种着她和我的口粮田，还要干一项副业——用糨糊缝一种水泥袋，然后卖到工厂里去。母亲当过劳动模范。在我的印象里，母亲是非常勤劳的女人，人缘很好。我时常听见邻居或镇上人夸奖母亲，这是我心里值得安慰的。每年我过生日，母亲都要煮几个鸡蛋，让我在桌子上滚那么几下，然后才能剥开吃。母亲说，这样能去祸免灾。母亲说话的时候脸上总是挂着欣慰的笑。

一天晚上，我放学回家，看见饭菜用碗扣着，可母亲却不在，我满院子找也没有找到。我便自己慢慢地吃完了，忽听见院子里有响动，出去一看，母亲正背着高高的一垛柴草吃力地走进院子，头发都被柴草缠住了。我跑过去，帮母亲卸下柴草，又帮她择开一丝丝头发。母亲为了让我上学，省吃俭用，拼命干活儿。我很感动，让母亲不要太劳累了。母亲好像没听见我的话，总是默默地劳作着，像一架永不停歇的织布机。在上初中之前，我没穿过一件从商店买来的衣裳，我穿的所有衣裳都是母亲亲手做的。有一次，我们学校要我上台演出，要穿一件绿色的上衣，母亲就连夜把父亲的旧衣裳拿来改做，天亮的时候，我一睁眼，看见母亲刚刚缝制完这件衣裳。母亲让我快点起来，试穿一下她新缝制的衣裳，看合不合身。我穿上母亲为我做了一夜的新衣裳，感觉非常合身，且美观舒适。

母亲对我很严格。她不允许我犯错误，特别是人格上的错误。母亲总是叮嘱我，要先做一个好人，然后才能干好事业。我问母亲："什么是好人?"母亲说："起码得善良、诚实和勤劳。"母亲上工之前总是叮嘱我，让我放学回家把鸡蛋收起来，因为鸡笼里有一段高坡，奶奶爬上去很艰难，不小心就会摔下来，所以母亲从不让奶奶掏鸡蛋。而掏出的鸡蛋总是卖掉，换的钱供我上学、买笔和本。

这天，我放学回家，看见奶奶在街上跟人聊天，我跑回院里，发现母鸡咯咯地叫着,就爬上高坡,探着脑袋,看见鸡笼里面有三个鸡蛋。我掏出来,看看没人,就把两个鸡蛋放在笸箩里,偷偷留一个装进自己的书包里,然后跑到街上,跟卖糖果的人换糖吃。母亲回来问我:"今天下了几个鸡蛋?"我迟疑了一下,不敢看母亲的眼睛,回答说:"两个。"母亲平静地看着我:"真的?"我说:"真的。"母亲没有怀疑我。只是我内心的恐惧造成了我的慌乱。午休的时候,母亲发现了我书包里的糖,审问我是哪儿来的。我心里一紧,赶紧撒谎说:"是我给学校割草,学校发了五毛钱,买的。"母亲没有再审问下去,后来是学校老师家访,把话给说漏了。老师走后,母亲阴沉着脸,把我叫到屋里,拿起笤帚疙瘩,很严厉地吼道:"你说,你的糖是从哪儿来的?"我知道露馅儿了,低头不说话。母亲说:"你是偷拿了鸡蛋换的糖,对不对?"

我低头承认了。母亲用笤帚疙瘩狠狠打我的屁股,我哭闹着,最后还是奶奶进来帮我解了围。吃晚饭的时候,母亲慢慢地说:"明山,你要诚实。"我的小名叫明山。母亲还说:"一个鸡蛋算不了什么,关键是你犯了不诚实的错误。一个不诚实的孩子,还怎么堂堂正正地做人呢?"我怔怔地看着母亲。母亲没有文化,道理讲到这份儿上,就很不容易了。我向母亲承认了错误,我偷了鸡蛋。虽说是自家的鸡蛋,可那也是不诚实的表现,将来由小变大,后果会很严重的。后来一直是母亲言传身教,感染着我,教我怎样做个诚实的孩子。

一年冬天，我和邻居的小伙伴儿去房前的冰面上溜冰，母亲不让去，说有危险，我和小伙伴儿还是偷偷去了。光溜冰也就好了，我和小伙伴儿为到对岸砍一棵槐树做冰排，结果掉进了冰窟窿，险些丧命。我从水里爬上来不敢回家，冻得直打哆嗦，母亲到冰上找我，把我带回家，让我脱掉衣裳在炉火旁烘烤，我钻进被窝，感觉身上暖和起来。母亲审问我，我胆怯地交代出砍树的"罪行"，母亲当即把我从被窝里拽出来，用笤帚狠狠打我的屁股，边打边说着："砍公家的树是犯法的!"我只好告饶，承认了错误。第二天，母亲带着我找到镇委会，把补偿的钱交给了镇领导。我很内疚，也不理解母亲。

后来我理解了母亲，这是爱。

有些做父母的，一辈子为自己的孩子操心、担心、伤心，然而到头来却没能把孩子培养成才，反而造就了一个庸才或是坏人。为什么？这里有母爱的畸形。孩子很小的时候，对他有求必应，长大之后孩子就感觉到，什么都是我的，完全以自我为中心。永远不对孩子进行道德品质的教育，而是让他自己混到成年的时候自己决定自己的一切，这是溺爱。当孩子在外闯了祸之后，回到家里，不但没有警告或训斥，反而受到鼓励和恣惠，这些都对孩子的成长不利。从这个方面说，我很感激我的母亲。

好的母亲，还应该是全面的。比如，不对孩子批评太多，吹毛求疵。孩子有了毛病，先别动怒，静心整理一下思绪，然后对症下

159

药。这一点，我的母亲做到了。她平时不啰唆，能及时了解我各个成长阶段的需求和能力。比如，我小的时候喜欢到河里游泳，奶奶怕出危险，竭力反对，母亲却不这样看，孩子会游泳是必需的能力，她背着奶奶偷偷带我游泳。我与别的孩子游泳回来，奶奶就用她尖尖的手指划着我黝黑的胳膊，划出小白道道儿，就知道我偷偷游泳了，对我实行管制，还向母亲告状。母亲总是耐心地做奶奶的工作，让她放心。

还记得 1976 年唐山大地震的惨景，隆隆的声响，把我和母亲惊醒了。母亲拽着我就要往外跳。她拽住我的胳膊，护着我的头，这时房顶的檩条和砖块就砸了下来。母亲被砸坏了眼底。我们都被震倒了，多亏有一只箱子放在炕上的东头，房顶直接砸在箱子上，我们被埋住了，但有一个小小的空间。我们都活着。母亲颤抖着抚摸着我的头。我问："我能活吗?"母亲鼓励我："坚持!"然后自己喊着："救人啊!"我也想喊，母亲却不让我喊，怕我消耗精力。我喘息着，想哭，母亲不让我哭，她说哭也会伤神的。母亲大声喊着，呼救着。邻居纷纷赶来了，很快就扒出了我们，我没有受伤，可母亲的腿和眼窝在流血。后来母亲一直闹眼病，2002 年的时候，母亲的一只眼睛被摘除了。

母亲的一切，都牵动着儿女的心。我长大以后，首先想到的是孝心，对父母尽孝。我父亲去世后，74 岁的母亲很孤独，我让母亲搬到唐山的新房子里。我在楼顶的露台上给母亲造了一块土

160

地,母亲喜欢种地,就在上面种一些黄瓜、西红柿和茄子。回家的时候,总能吃到母亲亲手种植的黄瓜。母亲很快乐。她鬓角的白发、脸上的皱纹,多是为我们操劳所致。青春的心,要永远陪伴着她,热情与爱,交织着一个个幸福的微笑。儿女们应该带给父母梦想实现的所有心愿,我们唐山有句土话:"前半辈看老,后半辈看小。"母亲老了,她的心愿都要靠儿女来实现。我们千万别辜负了她的心,对自己所付出的努力,就是对母亲的报答。

人间只有一种爱是不需要回报的,那就是母爱。

生命的"十里红妆"

　　说到旅游,看山看水,但是把"十里红妆"的神奇风俗当成旅游项目的,唯有浙江宁海。这一路生命的红妆,给我们震撼,给我们留下无尽的思考。

　　走遍宁海的古村落,感觉很有味道,可是"十里红妆"一直在我的脑子里挥之不去。当初的惊奇还在,惊奇是人天性的一种流露。这个世界,有多少让人惊奇的事情呢?恐怕是不多了。可以想象,旧时宁海嫁女的场面,人们常用"良田千亩,十里红妆"来形容嫁妆的丰厚。走进宁海红妆博物馆,满眼都是炫目的朱红。红色像是一种温暖直达我们的内心。我喜欢红色,自己画葡萄的时候,还要点缀一点儿朱砂红,有送吉祥、避邪的功能。我走到一个红红的花轿前,被其精美的工艺折服。有人说宁海的花轿独一无二,其原因就是:朱金木雕。花轿的背后还有一些传说,最早的花轿就出在宁海的前童古镇。我们去了古镇,听说当地还保持着一个特殊的风俗,每年的五月,就有一支红色的游行队伍,吹吹打打地穿行在古老的街巷里。他们穿着红衣、红裤,抬着红柜、红箱、红桌、红椅,排在队伍最前面的,是一顶披红戴金的龙凤花轿。这顶花轿为何这么豪华、这般精美?乡亲们告诉我,过去前童古镇有个传说,宁海人嫁女,是受过皇帝册封的。传说宋朝,康王赵构被金兵追杀,逃到了浙东,走投无路的时候,有一位年轻貌美的姑娘救了他。赵构登基后,为报答姑娘的救命之恩,下旨将浙东女子封王,出嫁时可戴凤冠、乘龙凤轿。从南宋开始,宁海女人出嫁坐花轿的习俗就延续下来了。花轿制作越来越考究,成为"十里红妆"之首。

过去的宁海有迎神赛会,常有"鼓亭"抬出,特别是前童古镇一带的乡风,正月十五闹元宵,鼓亭和花车沿街巡行,斗奇比巧,光彩耀目。这鼓亭的工艺与花轿如出一辙。过去的人家,花轿闲置不用的时候,就由穿着整齐的轿夫抬出,有四人抬的,也有八人抬的,姑娘出嫁的十里红妆以八人抬大轿迎娶为荣耀。在宁海看电影《十里红妆》首映的时候,真正感受到了这别样"婚典"。宁海的同志介绍说,结婚前一天,男女双方要在家里举行"享先"仪式,用全猪、全羊祭神,吹打小唱,新郎和主婚者要拜神到天亮。时辰到了,新娘乘坐花轿来到丈夫家。一路上鞭炮齐鸣,唢呐声声。新娘的红妆紧随其后,有数十杠和上百杠之多,以显示女家的富足。

谁家的嫁妆长十里？谁家的姑娘最风光？听说华店村一家姑娘嫁到李宅村，嫁妆多得惊人，床桌器具、箱笼被褥一应俱全，日常所需无所不包，送嫁妆的队伍绵延数十里。这是女人最幸福的时刻。

　　以现代人眼光来看，红妆是否丰厚并不重要，重要的是它的工艺，它的灵魂。木质的榫卯拼接，衔接处没有一颗钉子。"朱金木雕"的木材都是上等的，有樟木、椴木和银杏木。用浮雕、圆雕和透雕的技法，雕刻成人物、动物、植物等图案花纹，用贴金饰彩，结合沙金、碾金、沥粉贴金、描金、开金等工艺，撒上云母，再涂上传统的中国大漆。我们参观的时候，工匠说，这个工艺有句行话，叫"三分雕刻，七分漆工"。可见其特色在于漆，而不在于雕。我们接触了一个"朱金木雕"的传统工艺继承者，他努力将这个手艺表现到各类现代工艺上。他的祖先是宁海有名的"朱金木雕"漆工，漆工的刮磨、修填、上彩、贴金、描花都十分讲究。在漆工们看来，正是他们的工艺，才使"朱金木雕"产生了富丽堂皇、金光灿烂的效果。漆工是拿自己的手艺当命的。我说："你们是不是感觉自己漆成的花轿很美？自己很幸运？"漆工淡淡一笑说："我们都麻木了，这美是给别人欣赏的。"他的话让我感觉到一点儿道理，美是相通的，但是太熟悉了，也就成了外在美的杀手。就像我们欣赏美景，第一天是赞叹，第二天是向往，第三天就是平静了，美落在了"见惯不惊"的法则之中。

"红妆"过于高看了自己的美,是因为她在熟人的眼里。一生中见到的最少的面容就是自己的。就像女人的美貌,不是属于她丈夫的,而是属于陌生人的。只有陌生人才有惊奇的感觉。这个世界上,有多少东西值得我们惊奇?在某个时刻,你惊奇的一叫,或是一个表情,会遭逢尴尬和嘲笑的,嘲笑你少见多怪。可是,"十里红妆"让我惊奇了一回。这是人的天性的一种流露。

华丽的红妆,永远是宁海的一个光环。走到一个朱漆泥金雕花轿子前,我感觉到这古老的轿子是有生命的。花轿不会说话,却把人间所有的情话都说尽了。小时候,听老人们说,人是活不过一棵树的;这里的人则说,女人是活不过一顶花轿的。所以,这里的女人从小就决定坐花轿,当她们死了,坐过的花轿还活着,"十里红妆"还在。红妆永远美丽,女人的美却凋落了。对于女人却隐含着难言的悲哀。

红妆带给宁海女子的是幸福,也是痛苦。大的幸福伴着大的痛苦,小的幸福伴着小的痛苦,没有幸福就不痛苦。追求幸福在某种意义上讲,就是追求痛苦和折磨。我在宁海看到了这样的情形,女孩儿长大后要想得到"十里红妆"就要从小裹脚,这里的苦痛、这里的泪水有谁能知?

生命本身的虚荣是存在的,放在红妆上却永远存在和鲜活。有时,红妆会扼杀女人的真情。我听到了这样一个故事:一个女子,其生身父母没有能力为其置备红妆,她过继给舅舅,舅舅在她出嫁时置备了气派的红妆。但是,这是有条件的,舅舅是商人,因为商业利益,包办了这桩没有爱情的婚姻。丈夫是个残疾人,女子为了红妆,忍了。她的心嫁给了"十里红妆"。红妆太红了,就像一片混乱而喧嚣的颜料,泼在了乡间的路上。一路上,新娘很自豪,她有十里红妆。一顶孤独的花轿,抬着她的爱与恨一路走来,心灵在幸福和失落之间摇晃。风像梦中的鞭子,永远在路上抽打,抽打着自己的影子。她的双手紧紧握着,握住一个梦,直到它生出羽毛,长出翅膀飞走。走过了长长的路,她回头张望,她的生身父母还站在那里,就像两棵老树。风擦干了老人流泪的眼睛。她有一种感动涌上心头,她突然意识到了自己的迷茫和错误。走吧,生活就像一个盲人,苦苦等待一只手的牵引。此刻她的心中,红妆就是这一只手啊!

花轿抬到了男人家大门前,双方的伴娘和傧相挽请新娘下轿,男方的婶子牵扶她出轿,从门前到礼堂,一路麻袋铺地,新娘在麻袋上举步行走。这里人说这是"代代相传"的含义。然后是拜天地、拜高堂,夫妻对拜的时候,新娘哭了,哭得很伤心。男人能给她幸福吗?红妆能给她幸福?时光围绕着她,像一声声喑哑的冷笑。对于这个女人,灵与肉分开了,还有什么比这更不幸吗?她知道吗?只有爱可以让灵魂返回肉体。当最后的花朵凋谢,当挣扎的手悄然收回,只有悲惨的日子了。大作家柔石作为宁海人,当年他要是听到这个故事,会怎么想呢?我想,幸福不喜欢浮华,常常躲避喧嚣,在平静的暗处光顾。

　　我还听到宁海的这样一个故事。一个姑娘获得了"十里红妆",可她不想被红妆束缚,在一个暗夜,她一把火烧了红妆,背叛家庭,走到更广阔的世界,参加了革命队伍。她举着火把,走在十里长堤上行军,就想到了当年的"十里红妆"。这时想到红妆,她的心情很好,这好像是一种闲情意趣,越加悠闲,心境越宽,便越加有味。红妆太完美,并为女人的幸福提供了很多想象。该怎样选择?"红妆"与"火把",这两朵神秘的火焰!她敢于迎接,敢于承担,敢于放弃!那个年代,敢于毁灭红妆的女人不多。拯救是一种难度,放弃是一种高度。在有难度和高度的世界里,她们到底将向何处去?面对消逝的红妆,有许多话想说……

　　红妆也像命运,命运像刀一样,在冥冥中开一条红色的、温暖的回家的路。现在的生活,"十里红妆"已经离我们远去了,取代的是红色宝马车队、奔驰车队,载体变了,路途变了,可是,回家的方向没变。灵魂回家的路很远很远……

她给了我青春的梦

自从上帝先后造出亚当和夏娃，男女的区别、男女的情感就自然相随了。孩提时代，我羡慕着一种情感，这份情感好像就是青春的梦，就像生活的七彩阳光，充满憧憬和希望。第一次唤起我情感的女孩儿，并不是我的同学，当时男女同学之间是基本不说话的。她是姑姑家邻居的一个女孩儿，记得当时人们喊她二菊。

我的姑姑住在我家邻村，每隔几个月，我就会到姑姑家玩儿。我见到二菊的时候，她正在后院给黄瓜秧浇水。她苗条的身材，白净的脸蛋儿，晕着一层薄红，一对机灵的大眼睛，在长长的睫毛下灵活地闪动着。我隔着姑姑家的土墙看她，心里马上掀起一股难言的波动。她是谁？她怎么这样好看？当她回头看见墙头上的我，我马上红了脸，嗖地一下，把脑袋缩了回去，好像是做了贼似的。

我一溜儿小跑,跑回姑姑的屋里。姑姑问我发生了什么事情,我说没有什么,刚才在后院跑红了脸。当时我连问一下二菊的勇气都没有。我此刻猜想着,她一定看见我偷看她浇水了。第二天,我跟着表姐去街头的小卖部买酱油,回来的时候,我在她家的门口又看见了她。她跟我表姐说了一句话,朝我微微一笑,娇小俊秀的身影就闪回去了,好像留下了一股淡淡的清香。我从表姐嘴里知道她叫二菊,是村支书的二女儿。

回到家里,我脑海里就多了一个身影,一个飘忽不定的倩影。我总想见她,又不敢去姑姑家,害怕见到她。她毕竟也是个普通的女孩儿,她是凭什么打动我并抓住了我的心呢?我也说不清楚。当时我有点儿痛苦,我的痛苦来自她如花开般的微笑,于是我的梦里有了她这样的一个女孩儿,但我压制自己,这是不应该迸发的热情,应该认清自己原本是一个男孩儿,所有的思绪都要退回到起点。

拂开岁月的云彩,让青春的梦幻珍藏在高原的某个地方,看得见,但是触摸不着的。可是青春梦里有一个不变的主题:憧憬和希望。它们变得活灵活现,多彩多姿,填充着心灵上的空位。到了那年的冬天,我还是与她见面了。

那是个阴雨的天气,外面落着温柔的小雨,我静悄悄地看着落雨,沉寂于一种忘我的情绪中。表姐要打扑克,说要把二菊找过来,她找二菊的方式很特别,举着拳头,朝着西面的山墙使劲儿

169

敲了两声:"咚!咚!"然后就静静地等待着。我试探着问:"这样她就会来吗?"表姐笑着说:"会来。我找大菊,就敲一声;找二菊,就敲两声。暗号!"我非常好奇,等待着,心里期盼着,此时,时间因我的期盼而凝滞了。实际上,时间并没有半丝缓慢。

果然她来了。她手里打着油伞,进到屋里来,头发上、脸颊上还落着雨珠。表姐递给她一条毛巾,她静静地擦着脸颊,显得更加美丽了。表姐介绍说:"这是我的表弟,她呢,是邻居二菊。好了,咱们打扑克吧!"二菊就大大方方地坐在了我的身旁,洗牌的手指是那样的灵巧。我不敢相信,村里竟有这样白净的女孩儿。

农村终日的劳动,使好多女孩儿的皮肤晒得红红的、黑黑的,而她就像是城市里的孩子。说话时才知道,她正上五年级,马上就要升初中了。我高兴地说:"初中就在我们村,你就到我家来玩儿。"二菊笑着点头。后来听说,二菊还是没有上初中,因为她的母亲常年有病,姐姐已经升上初中,她就被迫退学了。我一直为她惋惜。

我们打牌的时候,二菊总是向着我,她的脸蛋儿离我很近,呼出的气息是香甜的。我不会玩牌,她帮我出主意,关键时替我出牌,这样我们就熟悉起来了。那年的冬天,我、表姐和二菊到北运河上滑冰,冰车是姑夫替我们做好的,姑夫是个好木匠。我们在冰上,边滑边说话,我问她上学时,她们班男生和女生说不说话。她摇了摇头,头上的红头巾颤动着。我又问:"那你跟我为什么说话?"她笑了,说:"你是我们的亲戚,跟亲戚不说话,还叫什么人呢?"我对她的回答很钦佩。后来我们谈到长大后干什么。她笑着说:"我没有前途,我不能上初中了。"我急切地问她为什么。表姐用手捅我,示意我不要提她伤心的事情。我把话题绕开了,但我的心很凉。

我们滑冰到了夜晚,风停了,冰面上亮亮的,辉映着纯净的月亮。凭借着月亮,我们畅所欲言。尽管是冬天,我的脸却烫得燃烧起来。我喜欢听她说话的声音,还有她那天真的语态。那时我们什么都不懂。看见她的笑脸,再晦暗的心也能够擦亮。她对我说:"你好好学习,会有前途,真的!"我问她:"你怎么看出我有前途?"她笑了。我问她:"你这样明白,你为什么不上学了?"她黑亮的眼睛里有些晦暗:"我们女孩子上学有什么用?"我惊讶地看着她:"女孩子上学怎么就没用呢? 电台里不是总广播男女都一样吗?"她苦笑着说:"说是那样说,实际就不一样了。"后来我们把话题转开了。我想,还是说点儿高兴的事儿吧。我问她:"你能写字吗?"她笑着说:"能!"于是,我们就拿滑冰用的支柱在冰上写字。我写了几个什么字已经忘记了,可我还记得她写的是"东方红"。我现在也不明白她为什么写这些字。我们唱着歌回了姑姑家。我记得跟她拉着手,拉着手,仅仅是拉着手。回到家我梦见了她,她也背着书包上学去了。她扎着小羊角辫儿,蹦蹦跳跳地迎着朝霞上学去了。

我刚刚升入初中,就要随父亲搬到距村五十里地的唐坊镇,我要转学了。我离开之前,去看姑姑。在姑姑家,我很想见到她,可听表姐说,她到地里干活儿去了。我没能见到她,感觉很遗憾,离开村子的时候,并不知道二菊会悄悄地送我。我徒步走上村东河岸的时候,二菊在目送着我,我竟然没有发现。这是后来表姐告诉我的,二菊已经出嫁了,她嫁给了一个很憨厚的农民。

二菊的身影在我的梦里停留了一段时间,就永远地消失了。而她带给我最初的那些青春梦,是做不完的。这份情感是激励,是温暖,是纯净。表姐和姑姑都病逝了,我失去了获得她消息的渠道。那些日子,我负载着青春的梦幻和希冀,她成为我梦想的载体。

二菊是我从没向外公布的一个秘密,我选择了一个黎明与之告别。如今青春的梦也没有了,而内心深处那唯一的蜡烛,一直燃着,闪闪发亮,照耀着人间纯净的梦幻。

二菊,她现在怎么样了?

我的芦花塘

芦花塘的碧水伴随着苇乡清幽的夜在悄悄地流,星星好奇地眨着眼睛,窥探着淡淡月光所依偎的苇塘。茂密的苇塘涌叠着绿色的波涛,把银白的芦花洒向水面、田埂、小路。鱼儿,仿佛被这月夜所陶醉,纷纷跃出水面……

已经是夜深人静的时候,芦花塘岸边却移动着一个姑娘的倩影,她的脚步那样轻,没有一点儿声音,像是怕惊到塘里睡着的鱼儿。

她是去看他。他被县水产局推荐到省里进修,明天就走。

他也是喝芦花塘的水长大的,就住在芦花塘左边的那个小屋里。少年时代的他,和同伴们一样,生活除给他留下无知、愚昧以外,还让他产生了可悲的偏见——占有知识是不幸的!可是,当大地恢复平静之后,他像一只受惊的雏雁,飞回贫困的苇乡,又猛吃了一惊。他在苦闷、忧郁的岁月里,终于悟出了农村青年的前

173

途就在脚下广袤、贫瘠的乡土上……

两年前，队里实行了家庭联产承包责任制。庄稼地很快就分下去了，可就是没人敢包下这片芦花塘。因为人们知道，塘里除长些芜芜杂杂的坑苇外，连鱼苗儿都打不上来。他急了，难道我们祖祖辈辈在土坷垃里刨食儿是天然的法则吗？他一定要破破"规"，承包芦花塘。这下子把他父亲成本老汉气得一蹦老高："胆子不小，吃饱撑的，露脸也不分啥地方！"

也难怪，成本老汉早年死了老伴儿，汗珠子浇湿地皮赚了些钱供他上学，也是望子成龙心切呀！可是，老汉穷怕了。穷，穷了人家就瞧不起。同村的姑娘小翠不就是因为嫌他家穷，才迟迟不与儿子定亲吗？为这，成本老汉省吃俭用：攒钱！有了钱就可以把小翠气气派派地娶过来。"唉，这个'浑球儿'，要用我这俩钱儿买鱼苗儿，没门儿！"

他跟父亲闹僵了。成本老汉悄悄地行动了，他托媒人磋商，明天给儿子定亲，把钱交给小翠，生米做成熟饭了，看你浑小子还瞎闹腾！

屋里说话，窗外有耳。知道父亲的打算，他非常着急，决定先下手为强，找小翠谈谈。尽管他在以往同她的接触中显得过于拘谨、忸怩，可他喜欢她那纯真、泼辣的性格。也是在一个花好月圆的晚上，芦花塘尽头的苇丛里，他和她见面了。他坐在地上软茸茸的狗尾巴草上，拽下一根芦秆儿，心不在焉地做着芦笛，不时瞟瞟她那姣好的轮廓,却不知咋开口了。她手捏一片嫩嫩的苇叶儿,在嘴里吮吸着,甜甜地说:"你找我是不是明天……?"

他的心一动,却口吃起来:"我是说……你,明天不要到我家里去!"

她的心尖抖了一下,忘情地看着他,冷冷地说:"男子汉可说话算数,真的?"

他支吾一句,挠起后脑勺。

姑娘却咯咯地笑了:"你不让啊,我偏去!"声音脆亮亮的,苇丛里偷听的苇鸟儿被惊吓得"扑啦啦"地飞起来……

"那……"他困惑了,失神地望着波光粼粼的水面。过了一会儿,他想再跟她解释一下。可她却洒下一串银铃般的笑声,"咚咚"地跑了……

第二天,小翠真的拿走了二百块钱的彩礼。成本老汉悬着的那颗心落在实处。可当小翠约他同去县城买衣服时,他心里矛盾极了,没有去。他觉得自己犹如瑟缩在秋风中的独枝芦苇,孤孤零零,无依无靠……晚上,奇迹却发生了,小翠用自行车驮着两箩筐活鲜鲜的鱼苗儿,笑盈盈地站在他的面前……从此,他一头扎进书海,在"淡水养殖"的海域里遨游。终于,他的多品种混养和精养的试验成功了。这不,县水产局要他去介绍经验,随后推荐他到省城进修。明天一大早就要起程了……

星光淡淡,苇塘静静。鱼儿疲倦了,沉入水底。只有一盏明亮的桅灯在水面的柳围子上闪动,像多情的满月,慢慢钻出苇丛,狡黠地移向亮着灯光的他那小屋的窗口。

小翠浴着湿漉漉的晚风,迈着轻轻的脚步,从铺满芦花的小路上来到他的窗前。她想进去,又犹豫了,屋里亮着灯,他大概在看书,他有看书的习惯。她想走,刚走了几步,又蹑手蹑脚地折了回来。短时间的徘徊之后,她终于壮了壮胆儿,缓缓推开门,闪身进了屋。

可他却趴在桌上甜甜地睡着了。她心里突然有点儿发酸,几天来,他白天下地、喂鱼,夜里还要整理经验、写文章。他实在太累了,蓬乱的头发在宽宽的前额上神秘地卷成隐隐可见的小问号,黑红的脸膛儿明显地消瘦下去。她用爱怜和责备的复杂眼神,仔细地端详着他,心里责怪他不知道爱惜自己的身子,又在嗔怨他将要离开芦花塘的当儿,忘记了她……呵,他能忘记她吗?特别是那个春雨霏霏的夜晚……

在插满木桩子的芦花塘水面上,一条小船,他荡橹,她撒苗儿。

"翠儿,我想跟你商量个事儿……"

姑娘的脸"腾"地热了:"啥事儿,你就说呗……"

借着船舷上桅灯的亮儿,她在偷看他的眼睛。

"书上说,多品种混养和条块分割产量高,可危险也挺大,弄不好会使鱼苗儿全死掉,你怕不?"

"怕啥？怕还不下塘呢！"

"真的？"

"真的！"

"翠儿，你真好。等来年丰收，我会把你打扮得更加漂亮的……"

"哼，那玩意儿，我不稀罕！"姑娘甜嗔地瞪了他一眼，弯下腰，"哧"的一声把裤管儿捋到膝盖上，将鞋一蹬，赤足稳稳地站在船头，笑着说，"喂，该求你啦！"

"啥……"

"说了得依我！"

他深情地点点头。

"来年要是丰收啦，你一定要把技术教给我。冬菊姐说，让我帮她把庄东的烂苇塘拾掇好，也撒上鱼苗儿。将来呀，我们村要成为鱼米之乡哩！"

他用纯真而感激的目光看着她，仿佛看到了她那颗芦花般洁白、金子般闪亮的心！

小船在春夜中摇动，泛起层层涟漪。鱼儿，诡秘地追逐着舷边的灯光。春夜的雨丝哟，亮晶晶、甜丝丝……

这时，一股夹着水味儿和芦花芬芳的晚风吹进窗口，调皮地翻动着书桌上的书本，发出细微悦耳的沙沙声。风大了些，把桌上一堆写着密密麻麻字迹的手稿和读书卡片一张一张掀起来，飘

177

洒了满地。忽然,她在众多的纸片里,发现一张叠得很漂亮的信笺,上面写着:小翠亲启。哦,他还想着她呢,不论到多么遥远的地方,他也不会忘记她的! 她的心像春潮般涌动着,慌忙地拾起信笺,情不自禁地把它放了胸口,仿佛把它连同这醉人的月夜一并装进心里……

过了一会儿,她终于意识到自己该做些什么,便急忙弯下好看的腰肢,用灵巧的手收拾着地上的东西。然后,又挪开桌上的钢笔,整理着零乱的书桌,轻手轻脚地把灌风的窗户关紧。随后,脱下淡蓝色花格子上衣,披在他的身上……最后,她扭转身躯,迈着轻盈的步子,像 只翩翩起舞的紫燕,融进那柔和、静谧的夜色之中……

静啊,芦花塘之夜。不过,这里已不再是昔日那古老苇乡的寂静了……

美丽的谎言

如今碰上下大雪的年头不多，可那时平原上每年都有大雪。

飘飘扬扬的雪花愈发下得紧，静静地，带着揉纸般的沙沙声，厚厚的雪地上发酵着孩子们明丽灿烂的梦。我一觉醒来，"嗖"地爬起来，看见各种图案的窗花，用手指把窗花抹出一个洞，就会看见外面的大雪，立刻穿上棉袄，有时连袄扣也来不及系，就抓起灰铲，跑到外面，一推门，便发现大雪把门都封住了。我挥舞着铲子，把门口的雪铲掉，挤出去，高兴地堆个雪菩萨。

我精心地把雪菩萨堆好了。雪菩萨的模样善良、憨厚，微笑着，光光的头顶上什么也没戴。我对雪菩萨说："你能保佑我们家平安吗？如果能，你能给我带来福分吗？"

雪菩萨没有说话，她依旧微笑地看着我。奶奶隔着窗子看我，我问奶奶：

"你看我，还是看雪菩萨？"

奶奶笑着说："我看你堆的这个雪人不像菩萨。"

我趴到窗前问："奶奶，你说她哪里不像呢？"

奶奶说："你堆的菩萨的眼睛太小了，菩萨的眼睛应该是很大的，她能看见我们。"

我听奶奶说完，就静静地看着雪菩萨，盯着她的眼睛，觉得眼睛确实小了，与她肥胖的身子很不谐调。我仔细修理、矫正她的眼睛，弄完后，我的小手都冻红了，手指像一根根胡萝卜。奶奶隔着窗户看着我弄完满意地走出来，让我把心里话讲给雪菩萨。我说刚才把什么都讲了，雪菩萨没有回答我，我还能说什么呢？奶奶再三催促着我，我把刚才的两句话，又默默对着雪菩萨说了一遍，样子很虔诚。

这个时候，我听见身后有人"扑哧"一声笑了。扭头一看，我家的墙头上，有一个满脸笑容的女孩儿。她是我的邻居小彩。她比我大两岁，黑眼睛大而亮，头上围着红头巾。红头巾在白雪的映衬下十分鲜艳。

后来，奶奶死后，妈妈经常到大队部开会，小彩姐姐就经常跟我做伴儿，一直等到妈妈散会她才回家，有时也住在我家里。我问她为什么笑。她看着我的样子说："菩萨不会说话的。"我倔强地说："奶奶说她会说话的。"小彩眨着好看的黑眼睛说："如果今天不出太阳，雪不化，我想今天晚上有月亮的时候，菩萨才会跟你说话。"我半信半疑地看着她说："我不信。"

小彩说:"我信。"

我知道小彩是个相信神话的女孩子。她喊我到她家的院里,看她和她哥哥堆好的雪菩萨。我从墙头爬过去,弄了满脸的雪,雪很快就融化了,脸很凉。当我看见她家的雪菩萨,感觉雪菩萨很大,起码比我堆得大,特别是有个大肚子,肚子上还有用秫秸扎好的佛珠,菩萨的手捻着佛珠。我欣赏着他们的杰作,小彩告诉我,她的这个雪菩萨晚上就会说话。她穿得很多,看上去很臃肿,一边说着,一边抹鼻涕。

白天我走在上学的路上,看见街上堆着无数的雪菩萨。可我心里仍然惦念着自己的雪菩萨,还有小彩的雪菩萨。到了晚上,小彩没有跑到我们家里玩儿,但我还是按照她的叮嘱,去跟雪菩萨说话。月亮升起来了,我忽然看见雪菩萨手上放着一个纸条,我疑惑地抓过来,跑到屋里的灯下,打开一看,上面写着这样的字:"明山:你是个诚实的孩子,你要好好读书,只有你读书长进了,我才能保佑你和你全家人平安幸福。再见了,我明天就走了,即使在明年,你也不会再见到我了。"

我看着歪歪扭扭的字,开始有些疑惑,后来一想,准是小彩干的,她代表着雪菩萨跟我说话。我拿着纸条,到邻居家的院里找小彩,小彩看见我一本正经的样子,带我到她的雪菩萨跟前,也拿出同样的字条,字迹完全一样。我说是她的恶作剧,小彩摇头不承认,也不笑,两只小辫子一甩一甩的。我把小彩的作业本拿出来认真地对照她的字迹,可以明显地得出结论,这不是小彩的字。

那会是谁呢? 难道真是雪菩萨显灵吗?

我回到自家的院子,默默地站在雪菩萨前,心里说着"好好读书""感激菩萨的指点",等等。刚说完,就听见墙头又有唰唰的雪声,一回头,墙头的红头巾一闪就不见了。我爬上墙头,没有看见小彩的身影,她和那个神秘的纸条一直留在我的心里。我反复问着雪菩萨,雪菩萨只是朝我傻笑,什么也没说。

第二天上午,我放学的时候,温暖的阳光融化了我的雪菩萨。雪水慢慢地流淌到地上、街上。房檐儿也在滴着雪水。其实是我在等待着下雪风景的消失,然后换一种心情。乡村的冬天,没有欢乐的日子,堆个雪人就是欢乐。雪的欢乐持续太久,那会麻木的。我和雪菩萨一样,也是观望者,在静默中观望着未来。等到长大了,小彩出嫁那年,我才知道了秘密,其实那个纸条是小彩委托她的哥哥写的。雪菩萨在我的世界里,只是巴掌大的一块积木,后来,不知从哪年哪月开始,我自己也变成了别人手中的积木,被莫名其妙地拼凑着,组成各种图案。这是我所忧伤的。我多么向往自己手中有积木! 我多么向往童年堆雪人的日子! 童年的雪菩萨,我想对你说:"继续用你的博爱祝福我吧,也祝福善良的小彩! 谢谢她给我带来的美丽的谎言!"

不能没有温暖的家

我不赞成孩童时代以及后来长大成人，都依赖自己的家。一个有志气的孩子，不能光依赖家庭，依赖父母，还要养成自己的独立性，这样他才能坚强，才能干成一番大的事业，这是我们可以终生依赖的东西。但是，孩童时代不能没有一个温暖的家，这对我们的成长同样是很重要的。

我孩童时代就有一个温暖的家。我的爷爷、奶奶、爸爸和妈妈只有我这一根独苗儿。我们是满族，祖籍是辽宁丹东。祖先闯入关内后，先是到了山东的枣庄，后来又由枣庄迁移到冀东平原的谷庄子村。这是我查阅家谱得知的。我们家几代单传，我的爸爸哥儿一个，我也是哥儿一个，到我儿子这辈儿，必定也是一个了。其实，我有一个哥哥，他在四岁那年患痢疾，爸爸带着一个医生给哥哥治病，不料打针用错了药，他很早就去世了。当时的医疗条件差，为此，家里人在精神上受到了极大的伤害。家庭气氛一度陷入难言的悲戚中。妈妈说,1963年的早春二月,当我呱呱坠地地降临这个世界时,才给我的家庭带来了欢乐,我们的小家庭才逐渐摆脱了那个阴影。

我上学前从泥墙的报纸上识字。爸爸在机关工作,奶奶把拿回来的报纸糊笸箩,剩下的就用来糊墙围子。墙上到处是报纸,妈妈就教我看报纸上的字,一声声念出来。妈妈指着报纸的一个字说:"我——"我就跟着说:"我。"爷爷给我讲故事,有时还给我做泥人儿。我还有记忆的是,一天傍晚,爷爷带我到后院游玩,他抬手指着那一片原野,笑着说:"你看,这是什么?"我摇头:"我什么也看不见。"爷爷笑着说:"这是土地,或叫庄稼地,我们吃的粮食就是土地上长出来的。"我似懂非懂。爷爷带我来到村头的土地庙,那时村村都有座土地庙。庙里供奉着土地神,活灵活现,很是好看。土地爷头戴乌纱帽,身穿大红袍,俨然一个小判官。我把土地爷的像放在窗台上,笑着问:"爷爷,他是什么官啊?"爷爷抚着白色的胡须说:"他是官,他的权限小得不能再小了,可他的权限又大得不能再大了。"当时我不明白,后来我懂了,自从我们人类懂得栽培谷类及其他植物的时候,土地就获得了它神圣的地位。

我的家庭,不仅使我学到知识,还让我感受到人间的温暖。好家庭带给我们的幸福,不仅仅是对我们的爱,而且是对我们成长的呵护,对我们人生的矫正。记得有一次,我与邻居的小伙伴儿小六,去南街的老董家后院偷爬人家的枣树。我偷了人家的枣,吃着,吃着,就被人家主人捉住了。人家审问我们,还把我扭送回家。妈妈见我犯了错误,当着人家的面,狠狠地打了我的屁股。我被打得哭起来。奶奶心疼我,阻拦妈妈,可妈妈还是不放手。那家的主人走后,妈妈不打我了,她与奶奶一起,对我耐心地进行教育。我也不哭了。妈妈问:"你说,你偷人家的枣,对不对?"我不说话。妈妈接着说:"你说话呀!"然后全家人都给我讲做人的道理。我终于感到自己理亏,低头承认了错误。后来,我再也没有干过这类事情。妈妈带着我到董家道歉,董家主人看我承认了错误,就用竹竿儿打下一些枣送给我。后来妈妈又用鸡蛋还上了这份人情。

家教对孩子的成长意义重大。比如,有一些家庭,明明知道自家的孩子犯了错误,还要在别人面前护短,这样对孩子的成长就起到了破坏作用。又比如说,我们看一个孩子懂不懂礼貌,就用这样一句话来概括:"这孩子家教好!"或是:"这孩子家教不好!"我知道一个家庭,他家有七个孩子,他们的姓氏又是村里的大户,家长和孩子都有这样一个概念,"谁也别想欺负我们"。如果说仅停留在防范的基点上,还是不错的,最后发展到这家的孩子倚仗人势,欺负柔弱的孩子,几乎成了村里的一霸。后来这家的孩子没有一个有出息的。其中还有一个孩子,偷了农用电缆,银铛入狱。这个家庭对孩子的爱,是畸形的,是不可取的。

人生的意义就是把个体的天然悲剧演成喜剧。家的意义同样是把悲剧演化成喜剧。每个人对喜剧的理解是不一样的,但都渴望着家庭的幸福。幸福的家庭对孩子身心的培育是那么有利。我认识一个小家庭,因为这个家庭主妇没有生养,抱养了一个孤儿。这孤儿叫雪儿,她是个女孩儿,养父母就像对亲生女儿一样爱她。我记得这个女孩儿上三年级的时候,与街上的孩子玩耍,有个孩子骂女孩儿是野种。她哭着回家问她的养母:"妈妈,他们说我是野种。"养母听见了,就耐心地安慰她,说她是妈妈亲生的孩子,若是抱养的孩子,妈妈和爸爸能对她这样好吗? 女孩儿信了,她觉得爸爸妈妈对她太好了。当她长大之后,妈妈才把实情告诉了她,她也更加爱她的养父养母。后来,她考上大学,毕业留在了天津,为了尽孝心她把养父和养母都接到了天津。可以想象,这是一个多么温暖的家庭。

文书通脉

雪莲湾的诉说

那年 5 月,铁凝大姐和她的父亲铁扬先生来到雪莲湾。铁凝对我说,这片海湾挺有味道,是块文学的土壤。铁扬先生是著名画家,对画扣在滩上的老船十分痴迷。近日,又有朋友和读者问及雪莲湾。其实,雪莲湾海岸线并不很长,在渤海的臂弯里拱出一块肉赘似的岬角。老菱河将岬角劈开,老河口便是我们渔村涧河。1990 年我来这里挂职村副主任。村里有位算命先生说我利见于河海,命里喜水,我就努力待了下去。后来,我就真正迷恋这个地方了。另一种民俗风情,另一种历史文化备忘。在蓝色海与黑色岸的交叉地带,原始蛮荒状态下诞生的古老文化正与现代文明交融、冲撞。人与自然、人与社会和人与人的关系,也显示出社会转型期的躁动、较量和变更。太阳滩上的龙帆节、大冰海上打海狗的"喊海"、八月十五日的旱船会、残酷悲壮的烧船祭祖等,都那么富有情趣,就像一面面镜子,世道人心都将从这里得到明鉴,从这里寻找到发源地。这片海湾很特殊，"旱了熬盐，涝了撑船"的黑泥滩上叠印着世代渔民绵长、倔强而顽强的生命足迹。面对大海真诚的诉说，我开始了雪莲湾风情系列小说的创作。由《苦雪》开篇，之后又有《红旱船》《蓝脉》《秋殇》《太阳滩》《躁潮》等。我深感自己笔力的不足，没写好，有愧于这片土地。承蒙读者朋友的厚爱以及我们河北文学院老师的支持，特别是各有关刊物编辑老师们的支持，使我这个在基层挣扎多年的文学青年得此幸运，在此，真诚地道声"谢谢"！

《风潮如诉》也是这个系列中的一篇。手法仍是写实，但从思考方式上力求区别于以上几篇。有时我突发奇想，如果将赤裸裸的人推向大自然检验一番会是什么样子？在与大自然的搏斗中，渔人往往是强悍、勇猛和赤裸的，同样一个人，回到陆地就戴上了"面具"，失去了真实。大海与陆地昭示着人沉潜流变中的生存渴求。我认识一位哑巴渔民，他威猛彪悍，是条闯海的好汉。哑巴很内秀，有一双追寻渔群的好"海眼"，也有高超的驾船技能。他没有妻室，与老母生活，每次拢滩时，老母就站在海滩上守望着久久未归的儿子。每当哑巴望见滩上海风中飘扬的白发，他就把网挂到船舷上去，按照一个古老的习俗，为守望的母亲升起一个鱼鳞闪光的标志。母亲笑了，为远航归来的儿子哼一曲织网谣。那网是母亲为他织的。去年夏天，雪莲湾闹风暴潮，防潮大坝冲了豁子，是哑巴驾船堵住了豁口。村里、乡里表扬了哑巴，哑巴第一次不再被人嘲弄，他很得意，以为自己有了名誉和身份，人就变了样儿，讲吃讲穿了。过去他敢光着脊梁跟泼妇在黑泥滩上摔跤打闹，现在讲究体面和虚荣的他与母亲都生分了，母亲也觉出儿子的异样了。还有一个青年渔人为了当村主任，冷淡过去的恋人，去亲近乡长的傻闺女。过去的恋人痴心不改，可慢慢就有恶毒的话传到了她耳边来，她细细追查，恶毒话全是从那个青年渔人嘴里编造出来的，她离他而去，可他心里依旧恋她，酿成了悲剧。哑巴和青年渔民合一，造就了《风潮如诉》中的"福林"。福林刚从大狱出来，敢恨敢爱敢说敢干，甚至公开地敢跟船主的妻子相好。可当他堵豁口而出了名，去劳改队旁边犯人村当村主任时，却丢失了自我，怯懦度日，不敢爱不敢恨了。地位的变化灭杀了人性。社会用束缚人的方式来赞美英勇和进步同样是可怕的。在失去自我的日子里，人生的脚步多么顾虑重重。福林失去了爱，在再次堵豁口中被大海吞没。福林的悲剧是人与自然搏斗的悲剧。人可以战胜自然，却不能战胜自己；人可以改变自然环境，却无力挣脱世俗；人可以在与自然搏斗中显示伟大与崇高，却在与人的纠缠中懦弱、萎缩。这凄婉悲壮的故事为什么会发生？故事之外的东西，大海在诉说……

写不尽猜不透的雪莲湾啊！

闯海人最眷恋家园。作家在寻觅家园。雪莲湾有句古谣：船

191

头无浪秋帆远,船后泪眼望家园。朋友,我不知道我的船离家园越来越远,还是越来越近?

流水情怀

夏天了,雨水真多。我望着那么多的水流到海里去了。这时我想起《论语·雍也》中的两句话,"知者乐水,仁者乐山"。1963年雨水不断的夏天,爷爷摇着芭蕉扇翻译《论语》,找到这句话,为我起了这么一个老气横秋的名字。然而,我为仁者,却不乐山;我不为智者,却极为乐水。小时候,我常常一头扎进村口的老水塘里,玩得乐而忘食。母亲喊我吃饭,见我从水塘里出来,拎起来就是一顿巴掌猛打屁股,可是后来见水就忘痛,仍是喜欢玩水,以至于后来写小说,也要在海水润泽的雪莲湾折腾一阵子。为什么?算命先生说我命里喜水。

以前我谈到小说,总是紧张地板起面孔。我表述的是真实所想,为什么不能像流水一样自由流淌?水是自由的,它只按着自己的意愿,寻找着自己的流向,执着地前行,百川归大海找到属于自己的广阔家园。有时我猜想,好的小说,便是水的自由流淌,而不是挤出来的。夏日飞快,雨流瞬间,有时我觉得自己被流水挤到日子外边了。这是生命的丧失还是馈赠?面对夏日的落雨天,在雨天里写小说,心里就有说不出的感动。我开始判断,人的想象力的发达总是与水有关的。流水帮助我不断拓展想象的空间。面对人生的水流,小说便是这流水的韵律。

天空如水,大地如水,对水说珍重。说不定哪一天,我被水吞没了,还要感激水。撇开流水一样的日子,让我们细细品味吧。水是小世界、小载体,却蕴含着人生的大境界。水即岸,岸即水,岸上有水,水中有岸。当我在黄昏落日时分站在岸上望海时,就是这种感觉。这不单单是水与岸的关系。今天,夏日流水中我们已经看到这样的事实,水已被污染,污染后的水流声还那么悦耳吗?岸像雕像一样一动不动,而瞻仰它的污水川流不息。圣洁的文化还能在岸上站立多久?面对倾斜、堕落和欺骗的污水,小说应该有怎样的韵律,怎样的表情?这时,乐山乐水都不那么重要了,重要的是重铸我们的新人文精神了。也许岸上的圣地越来越小,岸上的人也许越来越少。这并不使我们尴尬或自卑。因为我们总是奢望文学的自救。可以自救吗?真担心有一天,失足跌进污水里,回头仍不见岸。最难受的是,挣扎中明明看见岸,却不能上岸。在水里游荡太久,也是很可怕的。

雨水,是夏天的眼泪。文学之水天上来,雨水本来是很纯净的,落到地上就被污染了。唯一不被污染的,就是文学之水了,我要为纯净的文学之水而歌。文学之水是否纯净呢？我感觉纯净也就纯净了。否则，还怎能摆出一副真诚的姿态，熬夜苦写呢？叙事如水，载动我们夏天的远行。但愿我的想象与叙事同行。无论我们思想多么高远，多么精到，如果叙述之水载不动，读者是感受不到的。面对稿纸或电脑的自我陶醉，被嘲笑的将是自己，还有那无数个智者。从这个角度说，不仅要求写作的情态沉静如水，还要求我们的智者之水载动思想之舟。上岸或下海，都能顺其自然。流水自然，嘤嘤成韵。

文学就像夏日的雨。雨水铺张开去，顺着大地的沟沟坎坎爬行，网进人世所有足迹后皈依大海。文学之水又来叩击门环了吗？机会和运气便在不远处的岸上等候了。小说，你像水。小说永远存在，诱惑便永远存在。好小说，又像岸，我明明看清它了，为何苦苦追寻，却总也登不上去呢？细细想来，人生好多事都是这个样子。

岁月如水，岁月会关照一切的。

回头望路

入冬,冀东平原落雪了。

我最喜欢落雪天。望见雪,我的情绪就好。特别是穿上很暖和的衣裳,兜儿里装上小收音机,将耳塞放在两耳边听唐山驴皮影。今天终于实现了,我听的皮影是《汴梁图》。人的心绪和生活需要调节。雪覆盖着脚下的黑土地和我居住县城里古老的煤河。煤河冻着冰,落上雪显得格外平。生活里到处都是被洁白遮掩的东西,我边走边想,到处都是与我们人生有关的东西,因而到处能激起我们的热忱和想象。它有时以美丽、自由和富有来吸引我们,有时则以苦难、沉重和穷困来困扰我们。但我们也时常看到在大雪融化之前,有大量共同的利益驱使我们在困难中前行。大雪丰富着我的想象。

无论怎样生活,人人都有隐痛。任何角色都有遗憾,就像眼前的雪,总会由白变黑。人啊,无论是做儿女、做父母、做官、做文,还是做商、做医等,都有痛苦和烦恼,都有欢乐和温馨。回忆自己走上文学创作之路,有时感到偶然。我从小喜欢文学,但是读书时是学理科的。我觉得理科能直接把感情变成智慧,而文科能把智慧变成感情。可惜我至今没能读上中文系。

成功,每时都在寻找严酷的机会;平凡,每时都在等待寻常的恩赐。无论评论家怎样阐述苦难和坎坷对于创作的益处,可我依然希望生活中的自己永远幸运和快乐。

没有绝对意义上的苦难人生,只有苦难的心灵。热情而单纯的预期,一再使我误入歧途。希望是开在欠缺处的花朵,希望也是劳动者的第二灵魂。刘醒龙有本书叫《生命是劳动与仁慈》,生命是需要不休止的劳动的,而农夫若无原则地仁慈,就真落得草盛苗稀了。可是仁慈的劳动往往构成了生命的序曲和基调。

以上是雪地上的一番感慨。也许是不着边际的,只有回望自己走过的道路,才是真真切切的。何申兄曾跟我说:"写写你个人的经历,也许是挺有意思的。"我没有何兄经历丰富,但在我过去的日子里,还是有一些片段应该记录下来的……

我出生在冀东平原的一个普通小村。那是1963年的早春二月。我从小喜欢五月的麦地,且时常钻进麦地里玩耍。我一直不敢把对麦子的感觉写进小说。我爷爷是天津的一个做袜子的商人,定成分时叫小业主,回乡时给划定成分是富农。据说新中国成立前我家雇了亲戚种地。"富农"的帽子跟随了我的整个少年时代,直到十二岁才被落实政策摘掉了。小时候很压抑,从而造成我谦和缺少自信的性格。谈歌兄曾很善意地说我缺少激烈,爱恨不分明。对谈歌兄的激烈,我是赞赏的。他活得磊落痛快,而我顾忌太多。我在北影招待所跟谈歌兄讲了我的童年和少年,他终于理解我了。他说你得激烈些,既然这样就慢慢来吧。

小时候,父亲还是一个公社干部,母亲也是党员。可母亲曾很伤感地跟我说:"你这出身,将来能不能说上媳妇还难说呢。"现在听来可笑,可当时我挺往心里去的。后来听母亲说,我的老姨曾经有个想法,怕我长大打光棍儿,就想让她女儿给我做媳妇。我听后淡淡一笑,后来听说是真的。我富农出身的几个叔叔都是四十岁以后娶上媳妇的。我很感激老姨这份心,近亲婚姻是不可能的。现在我把自己在县城的老房子让出来,将年迈的老姨接到城里住。

童年的口哨声在天空中如泣如诉,恍惚让我看见一种残酷的东西。

在梦里,我时常梦见老家的泥房子。这房子太破旧了,就像一株成熟过了头的老玉米,饱经沧桑。过分成熟的东西意味着冷落和衰老。1976 年唐山大地震时,这间生我养我的老泥房倒塌了,彻底趴了架。现在回想起来是父亲的决策英明。我是 1974 年搬出这座老屋的,随父亲到一个叫唐坊的小镇落户。母亲想过几年再搬家,让我读完初中。父亲很坚决,否则我真的没命了。

像这样的泥屋,人压在里面不砸死也很快就会被泥粉呛死。村里很少有扒出来的活人。到了唐坊小镇,看见了火车从这里通过。我住的镇上的砖房也在地震中倒塌了。

当时父亲在稻地中学旁边的"五七"干校学习,我和母亲住的房子也倒了,有幸的是老天开眼,我家房盖的砖子顶甩到邻居家那边去了。这一年我14岁,觉多。我在碎石乱瓦中醒来,只觉得头晕晕地乱响。母亲护着我从窗前往外跳,如果早跳一步,墙头就把我压在下面了。墙头轰然一倒,我就势跳到墙头上跑到黄瓜棚下,傻蹲着。母亲受了伤行动不便。我们看见黄瓜秧下不断有裂缝一张一合,不一会儿就下雨了。短时间的宁静之后,就有人呼喊救人了。我神情木然地加入了大人们救人的行列。经我手扒出来五个邻居,其中两个已是死人。天慢慢地亮了,我感觉换了一个世界,一下子苍老许多。都说大难不死必有后福。唐山人格外喜欢"福"字。我为"新支点长篇小说丛书"所写的长篇小说就起名《福镇》。中国老百姓从骨子里喜欢"福"字。究竟啥是福呢?

兴安兄曾在1995年编过一本书,书名叫《蔚蓝色天空的黄金》,对20世纪60年代出生的代表性作家进行了展示。这里面收入了我的一个自传,题为《我乡间的月亮》。将文学称为"我乡间的月亮",不知是否妥当,反正热爱文学是从少年的乡间开始的。那时能读的书有《林海雪原》《苦菜花》《钢铁是怎样炼成的》

等。反复读，兴奋、激动或是落泪。

奔跑在故乡的平原上，一个动人的日子朝我走来。我在故乡的春天里，体味小草、太阳和大地的情怀。后来走进课堂，读鲁迅的《从百草园到三味书屋》，读《祝福》《野草》等名篇，体味了文学的力量。

这时候，我钻进故乡的芦苇荡遥望南边的海湾，猜想外面的世界。文学作品与人生的关系成为少年破译心灵的密码。

乡间的风情、乡间老百姓的生存状态是我久久不能忘怀的。上高中时，我写了篇小散文《故乡的秋天》，在县办刊物《丰南文艺》上发了出来。我很激动。

后来我没能考上大学，只考上昌黎师范学校。1979年至1981年的两年校园生活使我难忘。在学校，我是个活跃分子，当班干部，在学生会搞宣传，演节目，写书法，画画，编辑校文艺橱窗，杂七杂八什么都干。后来，学校成立了碣石文学社，我当社长。那时就赶上了新时期文学大潮初起，读小说，也试着写小说了。

昌黎是有名的花果之乡，山清水秀，我们的校园也是一个很漂亮的果园。每一个苹果和每一串葡萄都给校园带来鲜活、生机和灵性。那时候学校给我留下深刻记忆的还有两样东西，就是杂交玉米面饽饽头和高粱米粥。当时只有百分之三十的细粮，大部分吃粗粮。老师们千方百计为我们搞好伙食，有时候饽饽头吃腻了，就拿油炸一遍，脆酥酥的，吃着蛮香，我们就叫它"黄金塔"。

当时吃着"黄金塔"满腹牢骚。现在回想起来是挺有意思的。远离什么，便渴望什么。这阵儿几乎没人整日捧着"黄金塔"啃了，但我接触的一些人，还愿意吃这一口儿，宽宽肠子，喝玉米糁粥几乎成为改善生活的雅趣了。我的老乡老师、北京老作家管桦对我说："你来北京时给我带一点儿玉米糁、玉米面来，我很想吃这口儿。"我笑了。我向老人讲起在昌黎师范上学时吃"黄金塔"骂大街时的情景，老人感到好笑又不解。我想，珍贵和平庸的东西是随时间、地域变化而变化的。没有平庸的日子，只有平庸的感觉。在北京大饭店吃"黄金塔"时真成"黄金"了，它不再是一团难咽的"刺猬"而变成一团金色载体，牵着我眷恋的思绪到了遥远而美丽的校园。

另外一件难忘的事是编《五峰文艺》和《碣石》校刊，这是我文学的启蒙。刚入学不久，中文系大专班的杨立元、伦洪波在张雨天老师的指导下办起了文艺性校刊《五峰文艺》。编委里仅有我一个中师班的代表。这时我开始进图书馆读那些中外小说了。当我升到二年级的时候，由语文组老师倡议，中专班里也办了一个橱窗型校刊，名为《碣石》，主编的担子落在了我的身上。一种对文学的爱和独有的兴趣，促使我编辑它。《碣石》很快出刊了，一连几期效果挺好。

同学们把自己创作的小说、散文和诗歌等作品抄写工整交给我们，我们编委会配上插图，规规矩矩又灵活多样地张贴在橱窗里。每期都围了好多人观看，有表扬、争议，也有批评。那时候的文学真是太神圣了。我们有专门的编辑室，小小编辑室凝结了那么多同学洁白的纯情和笔耕的硕果。我被感动了，也学了不少东西。那时来稿很多，文笔清新流畅，题材广泛，情真意切，就是学生腔浓了些，缺乏生活气息。我很满足，完全被他们袒露的心灵所诱惑，注定为文学而痴迷，而快乐，而把汗水洒足。当时我就觉得文学之路太拥挤了，这条路太艰难了，不是谁都可以走的。我畏惧了。

师范毕业后，我就回到县里老家的唐坊小学教书。我又看见了乡间的月亮。我将儿时母亲的油灯比喻成乡间的月亮。怀着这样的情感，我在小学教书时写了一篇散文《亮晶晶的雨丝》，在《唐山劳动日报》上发表了。严格说来，这才是我真正的处女作。

因这篇小作，我走出了校园。有人说文学是改变命运的敲门砖。在我身边那么多文学爱好者都换了工作。1982年的阳春三月，我被调到唐坊工委文化站当了站长。这是煤河旁的一座古镇。父亲在这里当工委副书记。我想进县城，求父亲托人，但父亲不愿我离开小镇。还是因了这篇小作，我被当时的县委办公室主任看中。他通过县文化馆找到我的地址，调我到县城做县志和党史征集工作。我终于凭文学这块"砖"进了县城。我在县志办公室工作时，到处奔波、采访、收集资料，没承想为我后来的文学创作铺了一条通路。历史和民俗都进入了我单纯的视野，使我深感这方土地的厚重和风情。

由于纯文学写作太难闯了，我认识了唐山市群艺馆的杨帆里老师之后，开始了通俗小说创作。先是与杨老师合写了一部长篇历史通俗小说《胭脂稻传奇》，1988 年由长江文艺出版社出版了。后来一鼓作气写了几年侦破、社会传奇一类的中篇通俗之作，写了近两百万字。我不知道这是弯路，还是后来创作的准备。后来有一件难忘的事，使我面对乡间的月亮，审视这些作品时有些惭愧了。1989 年年底，"扫黄"的时候，我去石家庄出差，一下火车，便有个卖书的人很诡秘地跟踪我，并悄然靠近我，左右一看没有警察，就问我："兄弟买书吗？禁书。"我好奇地看了看他，他从棉大衣里拿出几本书，我一看脸就红了，其中有一本是我写的《血染美人纱》，封面图案是穿三点式的美女照。我说家里有这本书，就怯怯地甩开卖书人。《血染美人纱》是我写的一部侦破小说，内容不黄，包装成这样都没法送人。当时因出版气候，我另一部侦破小说《杀手与交际花》不能出版了，出版社把二校书稿还给了我。后来唐山一位书商找我要这本书稿，他没钱给我稿费，说他哥哥积压几十吨玉米淀粉，跟我商量给我价值八千元的淀粉。我当时想转纯文学，羞于谈这个，就连署名权一起卖了，换了两汽车淀粉。过去在唐坊，母亲养猪，进城后不养猪了，淀粉没啥用了，我就托朋友卖掉。朋友跟唐山万里香烧鸡店的公司说妥，将这些淀粉买下灌肠子用，朋友述说人家不想进货，他听说是作家换的稿费就要了。那家烧鸡店经理喜欢读书，很尊重作家。我听了心里不是滋味儿，我算什么作家呀？

那天早上，我和朋友去送淀粉，我往车间里扛淀粉袋时脸都白了，只有眼睛和嘴是三个黑洞，挺吓人的。那位经理想结交我这个"作家"，满车间嚷嚷，哪位是关作家？我与工人一样满脸白粉，朋友认了半天没认出来。我又不好意思张嘴，车间里工人都瞅着。后来退到楼道里洗了脸，我才敢见那位经理。经理是个老头儿，从谈话中知道他比我读书多。他说："作家写书不易呀，你这淀粉质量差点儿，我还是按市场价并给你现金。我喜欢交你这位青年作家！往后好好写!"我又惭愧又感激，又不敢说是写通俗小说的。但我看出，老人喜欢的是那种有艺术追求和社会责任感的作家。我的心被深深地触动了。

这两件事，促使我反思自己的创作，不能这么写下去了。可是纯文学那么好搞吗？面对新的生活和严肃的文学，我表现出极大的陌生和惊异，甚至失去了与之对话的勇气和信心。我困惑，我"乡间的月亮"在头顶消失了。

后来我认识了北京老作家管桦，还有他的儿子鲍柯杨。管老让我读些名著，让我真正深入生活，写有艺术品位的作品。他儿子鲍柯杨很有思想，给我讲了好多尼采等国外思想家的理论，还给我推荐了十二本好书。我记得自己将老作家冯至的一段话抄写在笔记本的第一页："真实的造化之工却在平凡的原野上，一棵树的姿态,一株草的生长,一只鸟的飞翔,这里边含有无限的永恒的美。所谓探奇访胜,不过是人的一种好奇心……我爱树下水滨明心见性的思想者,却不爱访奇探胜的奇士。"这句话我反复琢磨,成为我由通俗文学转向纯文学的朴素而深刻的理论支柱。我深深感激我文学创作的引路人。

1987年的秋天,我主动要求从县政府办公室调到县文化馆创作组,一切重新开始。1989年,对于我是一个不寻常的年头。我在痛苦困惑中选择。故乡的一片海湾,叫黑沿子。我主动要求到那里的小渔村涧河挂职村副主任深入生活。有人风趣地称我是"下海"了。在村里,我跟渔民出海打鱼、植树,还管了一阵子计划生育。能参与这些活动,应该感激河北文学院。我于1992年加入文学院。没有进文学院就没有这样自由和充足的时间。省文联主抓文学院的领导铁凝、文学院负责人陈映实老师和老城兄对我深入生活和文学创作都给予了极大的支持和帮助,令人难忘。如果说社会生活是我创作的大课堂,河北文学院则是一个小课堂,我是受益者。

大海帮助我理解人生。海能养育生命,海同样能养育文学。渤海湾的一隅,我起名为"雪莲湾",我在这块黑坦坦、雾蒙蒙的地方留下了一串足迹。海里啥都有,有鱼,有虾,有蟹,也有"落魂天""红旱船""蓝脉""太极地""闰年灯"和"醉鼓"。这是一个有特殊历史、民俗风情的地方。这里的一切都成为我写作的载体,载动我的小小思索，走着这样寂寞的路程。我发现，海浪就是一条纤细而又刚强的白线，雪一样的白，穿过无限的时空，比生命长久，越过历史和传统把我的欲望与激情、希望与梦想以及忧患和悲伤结合在一起了。自由的大海使人的精神自由。

我不能真正地认清自己，甚至看不清、弄不明了。不是海边雾气太重，而是我自身的弱点。看见海，我感到自己的渺小，特别是出海打鱼的时候。我出过几次海。在北京开会，我见到天津写海的作家王家斌先生，他在海上摔打多年，他写了我喜欢的小说——《百年海狼》。他见到我很亲切，他说："咱们海的情结，是'旱鸭了'体味不到的。"他对肖克凡说："我瞅小关的走路姿势，就是海边人的步子。"我很惭愧地说："我不是真正的渔民，我也是'旱鸭子'。对于海，我看不透，是个旁观者。"

但是，是海给了我根，给了我力量。在商潮汹涌的社会里，我时常感到一种隐形的海在涌动。我感到孤独，我敬佩大海的品格。没见到真正的海之前，我曾浮泛地、迷惑地以为自己博大。可见到海，就会看到大自然的品格。人只有在内心的风暴潮过后，才感到自我生存的宁静。在浮躁的世界，在金钱包裹的世界，宁静地生存是幸福的。

我在渔村深入生活的时候，有位算命先生曾给我看相，说我命里喜水，利于见水。那么，我的小说创作，就从水上开始吧。像我这样，父母没文化，自己又笨的人，纯属在基层文联苦苦奋斗的文学青年,借大海点仙气吧,兴许就能从古老的黑泥滩上跋涉出去呢。我告诫自己把握机会。

后来的日子证明,我是幸运的。《人民文学》副主编崔道怡老师热情地称我为"又一个海的歌者"。我很高兴,一静心又不敢接受。我哪里是海的歌者,是大海成全了我,是海潮推涌着我在文学道路上走了一程。尽管这一程路,我走得不完美,毕竟还是起步了。我在海上的路,永远是拖在船尾的一条缆绳。

珍惜过程,不问结局,还是感激大海吧!

我觉得,没有哪一本书,能像大海这样丰富。海是一个格外热情的老人,交往久了,他会用另一种原色还原你。于是,我们便有了穿透海水的"海眼",看啥都是蓝色的,一个辽阔而奇妙的蓝色世界。甚至连自己血管里殷红的血液也变成了蓝色。蓝色世界给了我多种多样的文学启示。下海,即使是苦难,对我也有着妙不可言的诱惑。海即人,人即海。每当我提起笔,总是有一种错觉,海是一个饱经沧桑的老人,那蹲在海滩上吸烟的渔佬儿却是一个写不尽猜不透的海。老人布满皱纹的脸,就是一张揉皱的海图。我想,人与海的沟通,最终将发展为人类自身对生命意义及生存方式的诘问和探寻……

大海里啥都有,又啥都没有。

大海能成全我,又能阻碍我。

海里有珍珠,岸上有黄金。我时常想,心中的海推到极致,就该从它的负面思考了。一个好的作家,不仅仅是固守,主要是开拓。1993年,我的小说在香港《亚洲周刊》获华人小说比赛冠军时,香港评论家也斯先生撰文评介我的小说《船祭》说:关仁山小说里的大海意象浓艳,吸收了魔幻与写实手法,在虚实之间写传统和现代。但这种写法容易形成模式,不易拓展。这又使我想起我的创作急需开拓新的艺术层面。在全国青创会上,外省作家说我们河北作家太老实,我感触很深。做人老实,作文万万不能老实啊!下一步,我该借助什么才能使"文体"飞翔起来?仅仅依靠大海,看来是远远不够了。无论如何,这一步是要跨越的。探索,哪怕失败也好。只担心 点儿,大海在咆哮,我能静心看世界吗?又能静心写人生吗?我得强迫自己静下来,静下来。我将以怎样的苦难,来修炼自己的人品、艺品?时下,创作越来越艰难了。我们千万别指望什么机构来救作家,不要求别人施舍来确立作家的价值。商品社会向作家提出了更高的要求,作家要独自求生存,然后才能凭着作家的良知和责任感去创作,去追寻美好的理想。不管生活怎样艰辛,不管日子怎样无奈,都不能丢掉追求!

为文学遭受苦难,不悔!

闯海人最眷恋家园,我在寻觅家园,寻找灵魂栖息的家园。雪莲湾有句古谣:船头无浪秋帆远,船后泪眼望家园。

1993年5月,河北文学院、《小说月报》编辑部和《人民文学》杂志在石家庄联合召开了我的作品讨论会,使我深深受益。

208

1995年的秋天，我们河北文学院学员在石家庄聚会。谈歌兄单独找我谈，他说："《太极地》有些变化了，还应加大关注现实的力度。不能再写海了，水能载舟，亦能覆舟，记住！"我记住了谈歌兄的话。回到县里往基层跑了跑，一口气写下了《大雪无乡》《九月还乡》《破产》等贴近现实的小说，是生活本身唤起了我的责任和良知来唱一曲严峻的乡村牧歌。

1996年1月，根据我的小说《醉鼓》改编的多幕话剧《鼓王》在北京首都剧场上演。这部改编剧获文化部"文华奖"后，有位编辑朋友对我说："近来你的小说离开雪莲湾了，像《醉鼓》这样的民俗小说还要多写啊！"我说："过两年再杀回马枪，眼下是想变变路子。"我将笔伸向平原、城镇和山梁，想淡化民俗风情的东西，更有力、更直接地贴近现实生活。没想到一上岸就被套上了"马车"。我与何申、谈歌兄有幸被称作河北的"三驾马车"，竟然这么叫开了。何申的幽默和谈歌的激烈，还有他们深厚的生活底蕴，一直是我应该学习的。在丰收的大平原上，用马车收秋的不多了，乡路上奔跑的多是汽车和拖拉机，所以我更加想念故乡运粮食的马车。马车是最具平民化的交通工具。我喜欢平民生活和平民生活的空间。

关注现实的文学，眼下有多种说法，我们对"现实精神"的理解也是多种多样的。我觉得现实生活本身就鲜活、复杂、立体、深刻。文学不应该是一曲颂歌，文学的内涵应是广博的。小说应背负着沉重,表达善意的人间情怀和人情、人道主义内容,对社群祈愿、期待与预言。

眺望乡村的早晨,万情涌动。时代没有摹本,只有无穷的精神。家园向何处去?我感受到了一种激情。诗人需要激情,作家同样需要。

我曾在《青年文学》封面宣传语里写下一句话:信念将使一切苦难埋葬于夜晚的涛声中。我行走在乡村的海滩上、平原上、山道上,明天,不再为故事匮乏烦恼时,我该怎样讲好我的故事呢?如何将公共话语转化成个性化声音,我深感自己创作的不足,还要努力啊!我喜欢这样一句话:

在天为翔,在地为泥。

文书通脉

　　我们常常说文学与书法、绘画是相通的。文学是纯净的水，文学是炽热的火。书法是什么呢？绘画是什么呢？是审美，通过书法和绘画的造型达到审美效果。真善美是我们共同的主题，真善美变化着不同的辞章，文学、书法和绘画的创造力就是花费在这种创造里，三体合一产生瑰丽的景象。这种景象不是我们要到达的终点，而是一种向终点行进的态度。

　　基于这一点，我们说文学和书画是相通的。近来有好多作家研究书法、绘画。自古就有文人字画这一脉。比如，我们河北文学馆连续举办了贾平凹、冯骥才、汪国真等作家的书画展，同时也举办了两届河北著名作家书画展，产生了一定的社会影响，取得了良好的效果。这两届书画展我都参加了，将来还要举办个人展。反过来，也有一些书画家从事小说、散文和诗歌的创作。我读过黄永玉、范曾先生的文章，受益匪浅，然后就会有一些小小的思考。书画作为艺术，历朝历代都注入了新的血液，而其生生不息的原动力就是"文脉"。作家也好，书画家也好，如果把目光放远一些，我们就可以这样理解，文脉是人类文明进化的基因信息以及脉络传承，是多种文化信息的结晶。文学作品可以用汉字创造出一种审美情境。我们说书法是文化的、审美的，还在于它的兼容性和综合性。大自然是书法意象取之不尽的源泉，由此使书法上升到"天人合一"的艺术境界。文学需要艺术创新，书画同样需要创新。创新又何其难！艺术创新都很残酷，一方面要求我们不断翻新，一方面又要求我们不背离艺术本质。

汉字的书写艺术，是表达作者的情感意志、修养和精神境界的艺术，创新要围绕着汉字来进行。一切艺术形式都一样，尽该艺术形式之可能，创造出个性鲜明、风格独特、有生命活力的艺术形象。所以我觉得文人书法，要扬文之长写出文化气息，比如旭宇老师的书法，就达到了极高的艺术境界，将文人的技能、功力、修养和才情等在书法艺术形象的创造中一一展示出来。任何艺术都需要悟性，书法是书者对自然万物所显示的形、质、势、态、意和理的感悟、积淀和想象。在书法气象上求精、求深、求品位。我的书法观是：变化多端、布局独特、意到笔随、气韵流动、寓情寄美。从书画创新来讲，也大多是形式风格上的，但无论多么诱人的形式面目，都必须以表现出韵味之浓、品位之高、意味之深和效果之精为根本。在国画方面，我特别喜欢国画简洁、纯净、祥和、幽邃的审美境界,有韵味,有文人风骨,有现代意识,有个人风貌。

真情与梦想

——我的文学处女作

以前,我总以为自己的处女作是散文《亮晶晶的雨丝》,现在一翻那本县办刊物《芦笛》,才想起其实我的处女作是一篇短篇小说《静静的芦花塘》,这篇小说发表在公开发行的刊物《冀东文艺》1994年第2期上。现在读这篇小说,觉得它幼稚可笑,可它对我却有着值得珍视的意义。那是一阵清风,那是一缕遥远的微笑,抑或是一段动情的故事,使我不断感到文学的温馨。

构思这篇小说的时候,我还在乡下小学教书。那时的文学正罩着神圣的光环。我的作家梦从这时开始了。我教小学五年级语文,边任教边写作。我所在的唐坊乡小学在村外,四周长满芦苇,左侧有一个小鱼塘。我夜晚值班,判完学生的作业,就学着写一些小说、散文之类的东西。记得当时写了一篇像散文的小说叫《夜在发亮》,是写农村计划生育的,稿子投出去没能发表。县文化馆《芦笛》编辑部的刘宝池老师告诉我,多读书,写身边的事。

我想,身边事,身边的枯燥的教学生活有什么好写的? 我就把目光瞄准了校园左侧的鱼塘。当时,我们家也有一个鱼塘。地震的前几天,我曾发现我家鱼塘有无数鱼往上蹿。于是,我就开笔写了这篇《静静的芦花塘》。

小说刚开头,我的工作就有了变化。小说的开头这样写道:"芦花塘的碧水伴随着荣乡清幽的夜在悄悄地流,星星好奇地眨着眼睛,窥探着淡淡月光所依偎的池塘。已是夜深人静的时候,芦花塘岸边移来一个姑娘的倩影,她的脚步是那样轻……"就写了这几句,我就被调到唐坊乡文化站工作了。到了文化站,我有了时间,读了那里的好多书。白天,带一个皮影班子到各村演出,有时也跟电影放映队活动。两个月过去了,我接着写这篇小说,一晚上就写完了。小说是写一个村养殖技术员,即将去省城水产学校学习,他的恋人,在他临行前的夜里看望他。两年前,队里实行了承包责任制,庄稼地很快就分下去了,可就是没人敢承包队里的鱼塘。这个小伙子不怕父亲反对,大胆承包了这个鱼塘。姑娘支持他,用小伙子家里给的二百块彩礼钱为他买了鱼苗儿。他在"淡水养殖"里有了新发现。这天夜里,姑娘来芦花塘看他时,小伙子趴在桌上睡着了。姑娘心里有点儿酸。他实在太累了,蓬乱的头发在宽宽的额前神秘地卷成隐隐可见的小问号。她深情地望着他。这时候,一股夹着芦花芬芳的晚风吹进窗口,将他书桌上的手稿和读书卡片一张一张掀起来,飘洒了满地。忽然,她在众多纸片里发现一张叠得很漂亮的信笺,上面写着她的名字。她激动了,心涌春潮,拾起信笺,情不自禁地把它放在心口,仿佛将这醉人的月夜一并装进心里。她没惊醒他,悄悄整理了他的书桌,给他额头一个吻,就仙女般飘然而去了。

记得当时我想写真情。现在看来,这是不是真情,我说不上来了。反正当时我想真情一把。也许,是这份真情鼓舞着我继续写下去。寻找真情比占有真情更加美好。真情支撑着我的昨天,真情还会伴我到明天。这篇小说的发表过程,也体现着一种师生的真情,这情感很珍贵。

我把稿子工工整整地抄好,骑自行车到县城,然后又转乘公共汽车到唐山,找到当时的《冀东文艺》主编马嘶老师。马嘶老师与我同乡,是 20 世纪 50 年代末北大中文系毕业的,与《人民文学》副主编崔道怡老师是同学。马嘶老师看过我的小说,只说了一句话:语言比较流畅。我这就知足了。他把小说交给了责编胡天启老师。胡天启老师是河南人,是个非常厚道敬业的编辑。他留下我这篇小说,看过,然后提出三条修改意见。我回到乡里不久,就收到胡老师寄来的稿子。我按照他的意见,认真地进行修改。稿子又寄到胡老师手中。胡老师接到我的稿子,说两点改得不错,那一点不满意的地方,他亲自动手为我改稿。刊物出来之前,胡老师把校样寄给了我,他让我读一下他修改的地方,是不是满意。我很感动,我有什么不满意的? 稿子能变铅字就是胜利。

铅字是古板的,却真正给我们文学青年带来幸福的梦想。热情而单纯的梦想,再使我们"误入歧途"。后来,我时常听到"误入歧途"的话,是那些把文学当成敲门砖的人讲的。文学创作是寂寞而艰辛的劳动,越往前走,身边的文友越少。而文学是实实在在的,的确为我们带来了什么。我的这篇小说发表后,被县文化馆的几位老师推荐给领导,我很快被调到了县城,是当作"笔杆子"调进来的。我进城之后,被安排在县党史征集办公室,兼编撰县志。我走进了这片土地的历史,历史的河流奔腾不息,由模糊而清晰。我能写这块土地,得益于这篇处女作带来的方便。这份工作使我过早地老成起来。

在这里,我不知不觉想起这篇小说的责编胡天启老师。他在编辑岗位上英年早逝。后来,《冀东文艺》改为《唐山文学》,马嘶老师退休后,他当上了这个小刊物的主编,他还是那么敬业,为刊物跑赞助、编稿子,去世前还在组织搞一种"灾变文学"。他去世前三个小时,我们还在一起谈论文学现状。他死在家里的办公桌前,死前正为作者改稿。在生命的最后一刻,手里紧紧握着一支蓝色油笔,稿纸上改的最后一句是"为朋友两肋插刀"。"刀"字后边的句号刚画上一半,就心脏病发作猝死了。文坛有这种献身精神的编辑很多。胡老师走了有七个年头了,我们永远纪念他。现在,文学进入20世纪90年代,很少听到编辑亲自为作家改稿了。也许编辑不愿改,即使愿改,作者也许要撤稿了。现在的初学写作者个性很强,写小说的技术很好,起点很高。20 世纪 90 年代的刊物要求作者一步到位。这份真情还是有的,编辑与作者在 20 世纪 90 年代的"真情"表现形式变化了。

文学需要真情,更需要梦想。也许,我日夜寻找的那个梦想,正静静地藏在我的心上。写作不会使我们心灵迷失,写作使生活与梦想共同有了意义……

书中自有新世界

　　读小说的过程,是理解生命的过程。不理解的东西是无法拥有的。从读小说到写小说有十年了,我似乎既没理解小说也没拥有小说,小说在我眼前更神秘而陌生了。读小说上瘾,读了几遍便想跃跃欲试的毛病改了不少。在我眼里,小说就像美丽、沉静的化石,意义并非神话,即使有苦难,也是一种无可奈何的享受。写小说靠心力,而读小说靠智力。如果读到好小说的确能使我平凡的日子生辉,调动心力与智力并用,头顶就像开了一方天。这时便感到小说文字的审美是任何文艺形式所无法替代的。生活的路自然而真切地铺展着,上路的人为许多种生存而奔忙着,欢欣与痛苦、失落与发现、灭亡与再生,深深感到智者与愚者体验人生的快乐与挣扎。用真诚的心去体味,便有了一种怦然心动的感觉。小说中的一切只有自己真正感受到才会深刻。无论是得到的,还是失去的,一切都将存留在记忆的最深处。

没有欢乐的日子,读书便是欢乐。小说里永远有一个不悔的主题。欢乐由爱作依托,人活着不能没有爱,爱着是美的。我们读到好书,达到物我两忘、天人合一的境界是生活里最美丽、最温馨、最充实的时刻。我想,能将生命的起点和终点联结起来的东西便是小说。读者永远在起点与起点之间,而不是在起点与终点之间。在阅读中,我们也会不断地创造人生无数的起点。阅读是一次经历,绝不是人生。但人生的许多经验和智慧,是靠阅读来完成的。我不赞成阅读仅仅是一种消遣和娱乐。这里就没有精神的支撑吗?读小说时不自觉中就会达成永远的精神默契。我不相信没有精神的躯体是健壮的,没有追求的生命是旺盛的。当然读小说不是万能的,也不能说是精神的唯一补养。但在我们喜爱小说的人的生活里,没有小说是万万不能的。这是我们的选择。手捧玫瑰花,手上就常有一缕芳香。值得!

人生在世,该做的事情实在太多。读小说是我生活的重要部分。阅读,如同沐浴,渴望有光辉射入我的眼睛。新小说,会给我一双新眼睛,给我一个新世界。

深入百姓生活中去

——《苦雪》情结

我近两年匆忙地写着，很难有空翻翻自己过去的作品。真是没有时间？恐怕不是，怕是引发回头一望的伤感。有的朋友，把创作看成是生命的流淌和保存，我缺少这样的立足点。在我目前关注现实的创作中，也常常被一些过去的事情和创作激励着。这种情感源于何处？我终于在短篇小说《苦雪》中找到一点安慰。

前不久，我的短篇小说《苦雪》被天津人民广播电台广播剧部改编录制成了广播剧《喊海》，还有一个短篇小说《醉鼓》刚被北京一家影视公司改编成了二十集电视连续剧。这两个短篇是我几年前的小说，我自己都快忘记了。特别是《苦雪》这篇小说，是发表于 1991 年第 2 期《人民文学》上的，《小说月报》同年第 5 期转载，后被收入年选本，译成英、法、日文字，同年获得了《人民文学》优秀小说奖，三年后又获《人民文学》"昌达杯"90 年代新人新作奖、河北省文艺振兴奖。

《苦雪》是一个七千多字的短篇小说,它算不算是我的成名作,很难说清。尽管多次转载得奖,但好多读者却没有读过。可《苦雪》对于我有着值得珍视的意义。因为它是雪莲湾风情系列小说的开篇之作。1990年之前,我大多写通俗小说,那时我就知道一个老人打海狗的故事。我几次试图将其写成传奇故事,又忍住了。当时,恰巧同乡老作家管桦到老家探访,我们的县委书记将我介绍给管桦老师。管桦老师听说我已发表了二百万字的通俗小说,就叹了口气。他劝我深入老百姓的生活中去,努力创作出有艺术品位的作品。我听后为之一震,心想是该换副形象了。当时我二十七岁,做新人走新路绝对来得及。不久,我即认识了管桦老师的儿子鲍柯杨。鲍柯杨在中国文联工作,读过好多书,也写小说。他热情地向我推荐了尼采、叔本华等大师的著作。我读了,也就很快找到了对《苦雪》这类题材的叙说方式。于是,我在冬雪天,来到我县渤海湾渔村,面对苍凉的白雪覆盖的大冰海,躲在村委会办公室烤着火盆子,写完了《苦雪》。写完之后心里痛快,但又心里没底,不知道这算不算是纯小说。就在乡下找到一位中学教师,他一直默默地搞纯小说创作,他看后替我分了分段落,连说这就是纯小说。然后我抄写清楚寄给了中国文联的鲍柯杨,请他看看,并嘱他看完提提意见寄还我,我想改后送交唐山市文联的刊物《唐山文学》发表。谁知鲍柯杨看后推荐给了《人民文学》的王扶老师,王扶老师看后高度赞扬,并很快送审到副主编崔道怡老师手中,半个月后就编发了。我真的很惊喜,也很感激当时未曾谋面就帮助我的老师们。后来,崔道怡老师在一篇题为《又一个海的歌者》的文章中说,"仅从《苦雪》这一篇小说看,我一点也猜不出他曾走过通俗路径,《苦雪》并无俗气,却有'大家'风范;其语言锤炼、结构经营、氛围渲染、题旨钩沉,都已颇见功夫,达到了一定品位。《苦雪》事件单纯精细,情节无多曲折跌宕,笔墨还是主要用在刻画人物和心态上。而其主旨,却是大到关乎人类共同长远利害,因此在1991年数万短篇中,它也成为引起海外关注的佳作之一"(载《小说月报》1992年第10期)。

《苦雪》讲的是一个打海狗的老扁大爷的故事。天津人民广播电台没有选用我关注现实的小说,而选中《苦雪》,据说是为报评中宣部"五个一工程"奖,这不能不使我有了思考。小说既是来自现实的,也应走进心灵;小说在本质上有着极大的虚构成分,所以我们真实有力的叙事才更为重要,才能使作品寿命延长一些。

关于《苦雪》,我很难再多说什么了。我只知道它对于我的创作多么重要。我想摘录铁凝老师在我的作品讨论会上一段关于《苦雪》的发言,后来成为我小说集的序言:"雪莲湾老人老扁一生曾经打死过很多海狗。他亲手消灭着海狗,同时认为海狗也是一种令人敬畏的生命,而人生的尊严是从生命与生命的公平厮杀和较量中获得。因此,当年轻的海子们掌握了武器,不再需要徒手对付海狗,当他们将枪口对准它们时,老扁就伙同着海狗一起用生命对准了枪口。这时人类和动物的生命站在一边，而枪口则是他们共同的对立面。老扁以这种结束生命的形式呼唤生命的尊严，这种形式在绝望无奈的瞬间显示了这位老人心灵的高贵。至此，这篇小说摆脱了一般意义上原始生命状态与现代文明的摩擦，它使人想要追究在自然界里，最终人类赖以生存的根本所在。"铁凝老师这段话，给了我长久的鼓励和启示。《苦雪》是个短篇，我越发感到短篇难写。其实小说的祖先是短篇，但愿我的短篇情结不被淹没，至今我仍最喜欢短篇的样式。

步履不停

轻轻敲醒沉睡的心灵

由于对大海的偏爱,对大山有种本能的陌生。当我看到山海关的老龙头,便真切地感受到山与海是对应相连的。当我展开联想,想象便如海鸥盘旋在遥远而陌生的群山里。大山的高洁粗犷,大山的雄浑美丽,化作从心灵释放出的自由的磁场。一万种倾心的聆听,吸引着我去体味山坳里的人生、蓝天、树木、石屋,让我从高耸的抒情中去描述生命背影。1994 年秋天,我终于有机会去了一趟北京市云蒙山森林公园。这是由中国作家杂志社与北京市林业局共同组织的一次活动。高洪波和杨志广老师临行前嘱托我多带些衣服,说山上冷,还特意说有一项登山捡红果的活动,希望我能带个包。我没在意也没带包,只想去看看大山的英姿,另外想换换空气,都市待得太久了,连呼出的气息都带着一种陈腐的商品味儿,让大山清凉洁净的风水将我清洗一下吧!

过了怀柔县(现为怀柔区)很快就进入山区。我一直感觉山峦是静止的、沉睡的。眼睛瞅累了，便也想眯起眼睛打盹儿。一觉醒来便到了云蒙山森林公园，吃过午饭，我们一行几人就急着登山了。我久久凝望着山脉，既有清新的感觉，又为之感动，也在心里埋怨着山峦总是固守于历史为它画定的界线，把欢乐埋在心底，将病苦冶炼成顽石。这里确实很美，森林茂盛，植被的覆盖率达百分之九十一。云蒙山以峰、石、潭、瀑、云、林取胜，又以雄、险、奇、秀、幽和旷著称，有的专家考察后冠它以"黄山缩影"之美誉。虎穴潭、海身池、石蛙望月等景观确实令人着迷。我努力去看、去品，心里也没荡起异样的感觉，心想，山终归是山，景终归是景，山山脉脉大同小异。我麻木地随着大家走，机械地看，随声附和地叫好。大山睡着，我的心也睡着。

没有想到这次使我难忘的一件事却是在山上捡红果。上山途中，我们不断看见有游人提红果下来，也有山民肩扛整麻袋的红果下山。同行的高叶梅不断感叹，怕是等我们上去就没有红果了。我们登上一个山寨，林业局的人说可以摘红果了。我扭头看去，红果树成片成片，落地的红果铺了满地碎红，日光照下来晃人眼睛。我们开始捡地上的红果。这对我来说挺新鲜挺有情趣的，有一种在海滩上捡蛤蜊的感觉。红果熟透了，没人采摘，林业局的人说，今年红果便宜，弄下山去还抵不上运费。所以这里的山民没人理会红果，红果轻轻落下来，毫无声息地融入山地。我捡了一些之后，就捡个儿大的擦擦放进嘴里吃。满口酸酸的，心里

228

格外畅快。这时我听见不远处红果哗哗落地的声音。我循声望去,只见不远处的红果树下有个小姑娘在拼命地摇动树身。她摇动几下,就闭上眼睛享受着红果劈头盖脸砸在头上、肩上的乐趣。我不再捡红果,也找了一棵红果树摇动起来,红果砸在脑袋上的感觉的确有一番情趣,特别是红果噗噗落地的声音十分好听,就像无数只山兔的小蹄轻轻敲打着山地,引发某种关于大山里生命的启示。我不摇了,那小姑娘换了一棵树还在摇。当我走近她的时候,才发现她的脸亲昵地贴着树皮,警觉地立起耳朵听动静。她穿得很旧,脸上红扑扑的。我问她:"你为啥光摇不捡呢?"小姑娘说:"我摇,哥哥捡。"我抬眼看见落满树叶的山地上有一条灰不溜秋的麻袋。这时我才发觉自己的冒失,小姑娘是盲人,怎么能捡红果呢? 每一双眼睛都是心灵向世界敞开的窗子,可她的窗子早早地关闭了。我不由得为小姑娘惋惜。一片枯黄的树叶贴在她凌乱的头发上,日光透过树杈漏下无数碎碎的影儿罩着她。小姑娘说:"我摇,你捡吧!"我逗她说:"我都捡走了,你不就白摇了吗?"小姑娘天真地摇摇头说:"红果遍山野,是捡不尽的。我就爱摇,不愿捡的,不管谁捡我都乐意!"她说着又摇坠一片红果。我看出来,她真真品味到了红果落身、落地的快感,她在凭一颗心感受这看不见的山峦的馈赠。我又好奇地问她:"你哥哥捡红果卖吗?"小姑娘说:"弄回家的红果由娘切成山楂片,晒干装进塑料袋,卖给山货贩子! 娘做的山楂片可好吃呢! 哥哥说卖了钱给我治眼睛。"她轻轻地笑了。我见她自己提到了眼睛,就试探地问:"你的眼睛啥也看不见吗?"她"嗯"一声。我问:"怎么失明的?"小姑娘皱着眉头不说。我不再追问,宽慰她:"你的眼睛一定能治好的。你上学了吗?"小姑娘又摇头:"哥哥都没钱上学,我能上学吗? 这里哪有盲人学校呢?"我问:"你想上学吗?"她说:"我治好了眼睛跟哥哥去城里卖红果,有了钱我们都上学。"我又追问:"上学后你想干什么呢?"小姑娘说:"我想当医生。"我问:"当医生有什么好呢?"她说:"我们山里人看病太难了,三爷看病没钱送礼,就再没回来!我娘买一袋药,哥哥下山卖了十袋红果都不够用!我当了医生山寨人就啥都不怕了。"我的心震动了,小姑娘把自己的命运抵押给了无涯的盼望。她尽管看不见这个世界,可她心里装着大山。她心灵的眼睛睁开了,大山在她心灵的眼睛里呈现五彩缤纷的颜色。

不一会儿,小姑娘的哥哥来了。小姑娘又摇红果了,哥哥默默地往麻袋里捡。我久久注视着小姑娘摇树的倩影,聆听红果落地的声音,竟不知不觉地走到那棵树下,再感受一下小姑娘摇撼红果树落下红果砸头的快感。红果轻轻敲打着我的心灵,敲打着沉睡的大山,敲打着这个世界。这种声音是带韵的,摇一摇,便会摇出山里人的信念和希冀。这种声音将使一切艰辛和苦难埋葬于夜晚的山坳里,化为醉人的甘美。为什么,每一座大山的面容都是寒冷的、残缺的,而我眼前带着对明天一片渴望的山寨盲人小姑娘却是健全的？在一棵红果树上停留一个春天，在每颗红果上飘移一个日子。在这种美妙的声音里，我懂得了如何抬起脚步，去珍惜人生的每个过程。我们应该有一颗心，比眼睛看得更远……

我们背着红果下山了，可是山上不仅仅有红果。

百年阳光

迈进 21 世纪的大门，沐浴着新世纪的阳光，是我的幸运，也是我的渴望。我为之感动，因为我们不是跨越一个年轮，而是走过了整整一个世纪。这个机遇不是谁都能碰上的，我为此骄傲！其实，在这个阳光明媚的早晨，发现自己走进新世纪的时候，还是那一缕阳光的提醒。我们在阳光下活着，像往常一样，它尽情地铺展着。走在城市的大街上，车辆和行人络绎不绝；走在田园里，阳光温馨又安宁，农妇的吆喝声在寂静的旷野里回响，还是那么悠长，好像跟 20 世纪的熟人亲热地打着招呼。我的心情格外舒畅，可是当我站在世纪的临界点上回头看看，再向前望望，心中不由得顿生感慨、忧患和渴望的情愫。过去的阳光，与今天和未来的是不一样的。那万分瑰丽的景象扑面而来。不说一千年，先说这一百年吧。朋友告诫我，"你们搞创作的，必须弄懂中国的一百年。读不懂这一百年，就会在新的百年阳光下盲眼"。我们不能经历过去的百年,但我们能够思考它。它与我们的民族相连,我们的民族经历了屈辱、奋争、创造的历程。而它又留下了什么样的精神财富呢?

一提到精神,我的心为之一振。我们需要探究思想资源和精神资源以及历史资源的开掘、涵养和转化,将其变成我们的血肉。我要问:过去的百年究竟给我们留下了什么样的精神资源呢? 这些精神资源主要指人文精神、人文话语、价值判断和道德理想等。我们有过屈辱的过去,但我们的精神是富有的。我们每一个有责任感的人,都与时代、民族的精神有着千丝万缕的联系,我们思想的深度,取决于精神视点的高度。

在今天的阳光下,想到商品世界对人类精神的提升或是损伤,心里有多少话要说? 想到我们对道德的感觉转移,对自然感觉的消失……古人对松间明月的咏叹,对大漠孤烟和野渡横舟的感动,我们今天还有吗? 还真实吗? 金钱的感觉越来越明晰。生命是一团欲望,欲望靠金钱来满足,欲望得不到满足的时候,便痛苦、无聊、浮躁,我们的精神在痛苦和无聊之间摇摆。道德、理想和崇高,曾经是我们追求的东西,可是它在我们现在的生活中普遍失落了,取而代之的是流于世的堕落的嗜好和肤浅的时尚。这些问题却与金钱有关。人首先得活着,活着才有精神。旧中国的知识分子淡泊名利,现今却不同,其实谁也逃不脱名利。有人说,精神是生命的需要;有人说"劳动是我的理想",其实说过之后还是无法摆脱名利。过去的文人确实有一种理想，即希望世界上的人不要争名夺利。这是儒家的一个基本理念。商品积累时期，我们缺少了理想主义的基础，金钱成为价值判断的主要砝码，这是危险的。我们渴望新世纪的阳光，淡化金钱的颜色。金钱，是有用的，是财富和创造，我们在充分享受它，但它不能代替阳光。生活就是这样残酷，一方面要求你拼命赚钱，另一方面又要求你别丢掉道德精神，不然就会被阳光淘汰。阳光是生命的化身，是梦想的化身，是正义和高贵的化身，绝望、苦难和泪水都会在阳光下化解。阳光给了我们高贵的尊严。

阳光是有生命的。过去的阳光是与对人、对人性的认识过程相伴随的。从特定的意义上说，它滋养人、认识人并发现人的历史。人有多复杂，阳光就有多少颜色。不是单一的，是多维、多层次的。我们不能满足阳光暴露出来的秘密，还要把它的颜色拆开并仔细研究，等我们了解了它独特的结构奥秘后，就在心中把它重新组装起来。这就是人类开发太空的骄傲。互联网时代，阳光以它飞快的速度追逐着我们的生活。别去破坏臭氧层，因为人类身上最迷人的东西是它给予的，一是性格，二是精神，三是命运。它们深不可测，魅力无穷。

未来百年，我仰慕。新世纪的阳光照耀着我的时候，除了激动，我还有些惶恐。明天我们该干点儿什么呢？农民关注着土地的墒情，工人关注着企业的沉浮。我呢，还要关注文学新的生长点。通过精神,我们看到了它的价值;通过市场,我们又看到了它的真实面目。它对阳光和人的关注不会变。我们的信念和理想使真、善、美变幻着不同的辞章,在我们期盼的眼神里,留下了阳光的形状。新的百年里,我们牢记着勇气、怜悯和奉献等人类昔日的荣耀。在阳光下劳动,我们就一定能够收获!回眸百年,感激阳光,祝福生活吧!

给生命来点幽默

我一直觉得,做人要有魅力。人的魅力与美丽不一样,人的魅力的重要表现形式之 就是幽默。美丽是魅力,与人的外形相关;幽默当然也是魅力,与人的内在气质相连。幽默的能力是靠人的动作或语言表达完成的。

我所了解的 20 世纪六七十年代的人是幽默的。那时的幽默跟今天不同。

幽默的气质,不是天生的,不是外在的,它需要特殊环境的心理培育。

幽默是快乐的,快乐是一种感觉,也是一种选择,它与财富、门庭和环境无关。我的童年是在 20 世纪 60 年代度过的,那时,我们的生活很艰苦,可它毫不妨碍我们的幽默。

记得一次有机会到城里,看到了一场特殊的评剧《列宁在 1918》。这是当时有名的苏联电影,有人把它改编成了评剧。演列宁的演员是评剧团的演员,他道白:"我弗拉基米尔·伊里奇·乌里扬诺夫,革命形势大发展,帝国主义他急了眼。"开场白一说台下人就笑了。列宁开始用评剧的唱腔唱道:列宁我打坐在克里姆林宫,尊一声斯维尔德洛夫你细听分明,前几天我派瓦西里去把粮食弄,为什么到这阵儿还不见回城? 斯维尔德洛夫劝列宁说:列宁同志,您老别心窄了! 然后唱道:"尊一声列宁同志且莫着急,为此事我请示了捷尔仁斯基,他言道,彼得堡的交通不大便利,找到了粮食难找车皮。瓦西里的工作一向很努力,您就放心吧,您就放心吧,我的弗拉基米尔·伊里奇……"人们没有大笑,被情节吸引了,但内在的幽默还是让人感觉到温暖。后来,我们乡下放这个电影的时候,我又看了一遍,别有一番意味。

唐山大地震让唐山人经历了生与死的洗礼。大难不死的人一下子活明白了,大悲大痛之后要微笑地面对生活。我身边就有很多幽默的唐山人。一个朋友给我们讲了他爸爸的一个故事。他爸爸是镇上的摄影师。有一天,一个七口之家来到镇上他爸爸新开的照相馆里拍全家福,那时照一张相是相当奢侈的事情。摄影师尽量想办法让全家人微笑,可当时全家人都紧张得很,摄影师用眼睛瞄着那个八岁大的男孩儿说:"你能不能再靠你妈妈那边近一点儿?"八岁的小男孩儿急红了眼睛,伸着脖子嚷道:"她不是我妈妈,是我奶奶!"男孩儿的话一出口,全家人都笑了,摄影师马上抓住这个机会,把这个其乐融融的时刻留在了相片上。其实,摄影师知道坐在男孩儿身边的是他的奶奶,他故意来点儿小幽默是为了把照片拍好。朋友讲完这个故事,我们都开心地笑了。

我挺羡慕这个能讲幽默笑话的朋友。几天见不到他,就觉得缺少点儿什么。他是个有魅力的人。人的生命是自然所赐,但人幽默的魅力却是靠后天学习积累的。对人的幽默有个简单的判断方法,如果我们从心里敬佩一个人,就很爱听他说话,无论他怎样讲话,都能吸引我们,并能激起我们的欢笑。如果一个人,你见了他第一面,就不再想见第二面了,我说,这个人起码不幽默,更谈不上别的魅力了。这个摄影师的儿子,他对我来讲,就是幽默的人。我也跟他学了点儿幽默,尽管学不到位,还是学了一些。

那个朋友又讲了一个幽默故事。他说,一个父亲教自己的儿子认字,教到"天"这个字的时候,为了加深孩子对这个字的印象,父亲指着孩子的头顶问:"你的头顶上是什么?"孩子抬头一看,想了想说:"是头发。"父亲又问:"那头发的上面呢?"孩子说:"头发上面是屋顶。"父亲继续问:"屋顶上面呢?"孩子稍微愣了愣:"瓦片!"父亲急了,狠狠地一拍桌子,骂道:"你个笨蛋,你好好看看,上面到底是什么?"孩子吓得呆住了。父亲吼着:"那不是有一只鸟在飞吗?"孩子看见鸟,有三只鸟,辩解说:"爸爸,你也错了,那不是三只鸟吗?"讲到这里的时候,我周围的朋友都大笑起来。

接着,我回敬了一个故事,名字叫"三句话不离本行"。我说,从前,有一个和尚、木匠和厨师一起走路,他们在路上有一个约定:路上谁也不准说本行的话,谁要是犯了规,谁就要请客。走了一会儿,三个人都有点儿累了,便坐在路旁的一棵大树下休息,木匠盯着大树自言自语地说:"这棵树长得真粗壮,可以用来做一个板柜。"厨师马上反应过来,指责他犯规了,让他请客,木匠想了想,只好认输。过了一会儿,木匠总是不甘心,逗着厨师说话,木匠说:"我请客行。你爱吃什么?"厨师说:"我爱吃溜三样儿。"木匠说:"这个菜,我老婆怕是做不好。"厨师兴奋地说:"这是我的拿手好菜,我可以帮你做呀!"木匠得意地笑了。和尚指责厨师说:"你上当了,你也犯规了,这个客由你请。"厨师无奈地笑了。和尚笑得前仰后合,大笑说:"你们两个都输了,只有我赢了,阿弥陀佛!"说完就傻了眼,他知道自己也犯规了。听着的朋友们都笑了。

长大以后,我常听人夸奖我,说我有幽默感,特别是今天再看评剧《列宁在1918》的时候。从人们会心的笑中,还能回味一下当年生活的情景。我们从困难时期走过来的人,人人都有自己的幽默,用幽默克服沮丧,用幽默化解矛盾,用幽默清除烦恼,用幽默保持一种愉快和谐的精神状态。与幽默的人相处是快乐的,也是轻松的。如今生活节奏大大加快,工作都很繁忙,来点儿幽默,能使人健康、潇洒,还能延年益寿呢!

唐山大地震过去三十年了,唐山人活得非常乐观。这与幽默分不开。多一点儿幽默,就会少一分劳累,少一分悲伤,少一分寂寞。今天的人,如果缺乏幽默感,就像一朵没有香味的花,就像一台没有图像的电视机。

幽默不可抗拒,因为它来自我们的内心。就让我们凭借一颗快乐的心,寻找一把生活的钥匙,对准锁孔,对准年月日,对准我们各自的心胸,打开希望之门,给生命以欢笑,给生命以强劲的内驱力。

岁月如花

  2015 年就要过去了,我们习惯打捞光阴中的记忆,这一年我记住了几个关键词。"二胎""主要看气质"以及老龄社会的养老养生。这几个看似并不关联的热词,我把它们弄到一起说,这是有原因的。老龄社会来临,全面放开二孩是为了调整年龄结构,为明天提供劳力。至于"主要看气质"这个热词,曾经给我带来迷惑,起初,我以为人们觉醒了,在乎气质了,让我感受到一种暖意,一种希望。当我的微信好友发来 5.21 元的红包,我恍然明白,这是一种游戏,是一种"主要看气质"的接龙游戏,金钱的游戏。我有点失望,有点不舒服,但是我深深地记住了这个词,这个词远离游戏的时候,它应该归位于"养老养生"。为什么?

  古诗云,云淡风轻近午天,傍花随柳过前川。人都有老的时候,转型社会,人们压力很大,有时甚至是艰难时期,有时我们抱着胳膊,搔着脑壳,不管愿意不愿意,喜欢不喜欢,我们终将老去,中国人以后怎样养老呢？怀着这样的问题，这个明媚的上午，我走进了中国人寿杨华良老总的办公室。杨总是一位健谈的人，他的"防老养生"理念，仅仅一字之差，让我得到震撼。天合，知生，知悉生命，洞见未来，中国人寿，国人生命守护者，国人养老的先行者。他们的高端项目国寿苏州阳澄湖半岛养老养生社区、北京龙熙老人健康管理中心……一个个全新的养老项目，多维产品体系，大健康服务，呵护身心的全面平衡，让我想到了气质，主要看气质啊。

　　天下的事，在许多情况下没有结论，即便我们强行下结论也不一定是真相。事情越重要，这种倾向越明显，我必须脚踏实地收集第一手信息。这一天，我来到了大兴龙熙老人健康管理中心。杨华良先生告诉我，随着人口老龄化，中国必须构建舒适安全的老年生活体系，龙熙就是这体系中一颗璀璨的明珠。

　　我边看边想，这种新型养老体系与常规养老院相比，有什么质的飞跃？我内心辩论着。我坚信，如果不突破这混沌，有些真相无法看清。人与自然的融合，靠眼睛静止观察，远远不够，所谓的动感就是风，当树木摇曳时，风才为人眼辨认。风款款吹来，美妙极了，其乐融融。过去的岁月，传统养老带有某种"封闭性"，封闭性里有温情，但也带来一种创伤和痛楚。我的一个朋友，父亲猝死在家中五天，他才赶到家中发现了尸体，如果在养老社区就可能避免这种悲剧。传统养老还有延续，但是必须把这种痛楚当作自身痛楚来承受，来感受。还有很多这样的事例，作家要少下结论，多做观察，把该下的结论以最具魅力的形式传递给读者。

一个暮年老人，完全恢复青春那是假话，但是，退休在家，从人生的高峰坠入低谷，他在这个过程中就可以发现世人的真面目。这个落差中，养老要先防老，防老养老的成败，看你能否把老年人需要的情感慰藉有效地、饱满地表达出来，看老人对自然环境、生存环境和情感环境是否有效地融合。人老了，怎能活得更好？一声感叹，世人谁能深深体味？

时间在树梢上投下阴影，我想起母亲流下的眼泪，单纯明净的眼泪是怎样浑浊了？老人能够走进养老健康中心是需要勇气的。中国人有传统观念，有儿女就不离开自己的家，否则是难堪的。原因是观念无法摆脱自己的尴尬处境，可是，我们无法改变事情的本质。我的母亲没能走出自己，离开了我。也许，养老的奇迹故意躲避着我们，是因为我对窗外的一切感到麻木。任何一种新生事物都有一个适应期，看来我的适应期刚刚开始。历史中的一切都消逝了。

那闪光的一刻，我还要等待多久？

今天的老人生活，有孤单的煎熬、疾病的纠缠和对未来的茫然。我再也无力像往昔那样从容，那样宽容。许多人想到煎熬的老人，我感到一颗心在加速跳动。生命的花悄悄谢了，像自身丧尽的青春。我的思维四无通路，步入绝境。可是，眼前的大兴龙熙老人健康管理中心的容颜攫住了我的灵魂。我从它那眼神里看出某种神秘的气味，会让我们有神思一样的自信和坚强。我将会一再地苦苦追寻拓荒者的踪迹。人活着到底为了什么？那个问题始终追问着我们。我头脑一片混沌，而且伴以阵阵剧痛。一个人在孤单无望的时候，对人生的来路与归途才有深刻洞察。长久以来我都疲于奔命，几乎没有时间回望自己的灵魂。这一切我终会探究个清楚。人们得以生存，并且老有所依，老来得福，是自然的愿望，但是人们依附儿女付出了何等惨重的代价？我发出长长叹息:珍惜眼前的一切吧！这叹息真是很美的声音。

人生的荣耀散尽，老人要重新学习。如果日常生活是麻木，那么老年患病则是疼痛。如果说当时是肉体痛苦，今天则是精神疼痛。人生若把痛苦的神经择净，剩下的自然都是幸福了。我沉醉于精神上不知道痛苦的怪病，享受着虚幻的幸福时，却发现了幸福的另一种悲哀，麻木的现代生活可以享受吃喝，可以品味荣华，可我们却无法享受生命中最动人的激情。生活中只有疲劳，没有激情。

在这里，蜷缩于病床的老人，因情而聚，激发生命激情的瞬间，人生像是重活了一回，勾勒出炫目的美丽，我内心压抑了一些狂喜，老人笑了，年轻时精神没有走啊！甚至是又回来了！在漫长的等待中，有什么能破解隐秘？有什么能替代冥想？我感觉敏锐，轻轻回眸就看破的世俗，就因为那人寿"三点一线、四季常青"

的养老布局瞬间的吸引,我改变了行程。一只燕子凌空而起,追随着纯洁的白云,在我的头顶上空盘旋。如果我们肯等待,在冬日喜鹊呢喃声中,那些飘浮不定的云彩会向这里聚拢过来。这不是我幻想的那种美,是一种幸福的美。幸福是一棵没有年轮的树,永远青翠。

这里阳光明媚,我离去很久还沉浸在人寿养老的思索里。那里的树挺拔着英姿,那里的花舒展着眉梢,透露出人生的恩惠和从容。让我们领略她那明净而尊贵的灵魂。祈祷明天更加明媚,祈祷老人幸福安康。虽然是北京的冬天,我的眼前幻觉出梨花烟雨,心静如莲。我离开之前,总想再说点什么。什么也别说了,我在这里发现了瑰宝,像埋在土里的珍珠。它是最优秀的,总是站在最显眼的地方等候我们。

今天的龙熙老人健康管理中心啊,华贵中透着温情,魅力无穷。

岁月的荣耀散尽了,生命重新起航。我回想所有落在龙熙中心房顶上的阳光。这种罕见的纯粹性,才使这一事物有某种无从想象的丰富和华贵。这一片小楼让人想到了一种奇迹。我好好端详着小楼,让人能永远不忘记。人不要把高尚隐藏,生命需要自然的芬芳。管理中心活脱脱有了生命,特别是说到机器人的人性化服务,更会让我终生难忘。这里的养老护理服务,形成个人、家庭、社区、社会丰富多彩的生活圈和社交圈,高互动参与,开放式连接,让环境、情感、信息三重无障碍,让老人过上品质生活,这才是真正的"主要看气质"。这让我们憧憬,我将那美丽的憧憬持续了一段时间。我终于懂了,使我们生命更加坚韧,情感更加深厚。

晚年不可怕,心冷了,还会热起来,老人在向这个世界微笑。

思想的浪花,思维的链条,创新的养生理念,就这样在脑海里编织着一个立体形象。我想,层层迭起的梦想,多彩的颜色,将岁月中的音符唱响。理念的语言化与意识的符号化,固然让我们眼睛一亮,在网络时代,信息符号化是冷漠的,但是,有了人寿的创造,传递的是爱心,传递的是效率,传递的是真情,在他们富有创见的操作中会发挥无与伦比的强大力量。畅想浮生半日闲情,因为这里值得信任与托付。把养老变成防老,让生命灿烂如花。2015 年,养老话题开始了,互联网时代,未知多于已知,颠覆不是新闻,一切皆有可能。人寿行动了,新的故事开始了,谁也不是旁观者,谁都有老的时候,你中有我,我中有你,你是我,我也是你,一个具有真正文化精神的养老模式起步了,以后会影响我们社会深层生活。给养老划界要宽容一些,以便为人生的种种美好保留怀念的化石,这个理念在中国现实土壤生根了,理念只有深深扎根现实方可获得深邃和幽远。

夕阳如花,花开了,我们以绯红的心情与之辉映。

麻城杜鹃香

阳光落在阳台上，像是被神奇的灵光照着，纷纷扬扬地耀眼。真正耀眼的，除了阳光，还有我家阳台上的那盆杜鹃花。

提到杜鹃花，马上让人想到湖北黄冈的麻城。麻城是杜鹃花之乡。这次随人民文学杂志社采风团到了黄冈。起初，向往最大的还是东坡赤壁，苏东坡成全了黄州，黄州也成全了苏东坡。苏东坡在那里已经留下千古美文，大江东去，无法超越，我想我的文字还是躲开东坡赤壁转向麻城杜鹃花吧。

我们到麻城的季节是夏天，我和夫人李叶青女士一同到达的。第一次偕夫人参加文学活动。但是，有一些遗憾，杜鹃花刚刚凋落。盘山道曲曲弯弯，我们坐汽车上山，空气很凉，我看见风中弯折的草木，脑子里有一些平凡的事务不断显现。我时刻准备着为眼前出现的杜鹃花的情景欢呼雀跃。可是，季节不等人，那一片灿烂，只能等到来年了。登上山岭，看到那些杜鹃花树，看见隐约的花朵,听到了若有若无的歌声。歌声不仅能自慰,还能感动,还能呼唤。几句简单的吟唱,打开了我们的心扉,让我翘首遥望。这样的境界,剔除了我们心中的不安和焦虑,回避了生活中的一些麻烦和尴尬。除此之外,还有挚爱和不屈的声音,令人倍加珍惜。

花香随风西行。我有幸在黄冈市委宣传部王立兵部长的手机里,看见了一张满山的杜鹃花照片。那是人间四月天,一片杜鹃的海洋,满山的红杜鹃盛开了,层层叠叠,密密匝匝,如天空的万朵彩云飘落在山峰,格外醒目。细小的花瓣,质如丝绸,如晨中的露珠,透着诱人的晶莹,娇媚而华贵,蝴蝶在那儿飞舞。这样的画面,极具震撼力。

每个人的心中都有一座山,每座山里都有一个无法言说的故事,哪一座山是你心中的山峰呢?龟峰山便是。龟峰山雄奇巍峨,山顶的杜鹃花海,是人间仙境,极具观赏价值。这些杜鹃花,在黄昏的光线中格外神秘。我感觉,有一种神秘美得令人无法驾驭。在开满杜鹃的山坡上,总会有人重复着我们的足迹。这让人想到了一种奇迹,看不到借鉴,也看不到模仿。这种罕见的纯粹性,才使这一景象具有某种无从想象的丰富和华贵。那是一个令人灼热的念想:花儿为什么这样红?这是一首歌曲的名字,但是,让我联想到麻城的红色历史。通过参观,我知道这里是共和国将军的摇篮。这个必然的联系,使麻城杜鹃披上另一层红色,那就是英雄之花。

导游给我们介绍杜鹃花。她的话，机智灵巧，富有感染力，深深吸引了我。这一路的见闻，令人神往，心情极好。

是什么拨动了我的心弦，激动之余一下子熠熠生辉。除了花香，还有一种美妙的声音显露出来。杜鹃花走进我们的生活时，它是随意、自由的，潜移默化的。人和花进行的是两个心灵奇妙的对话。我理解，美是人的精神需要，这种美往往偏重于对花的倾斜。

花是香的，有时闻着却很苦，很苍凉。为什么？香到极致便是苦了，因为我的心一直走进了杜鹃花的海洋里。一朵花不了解一朵花，一个人不了解另一个人。看花看久了，不敢盯视残酷。要磨炼自己，不仅面对花海不要背过头去，还要在理智中纠正自己。我很快就发现另一个自己，那个手捧鲜花的少年，在村头四下张望……我的心颤抖了，怀念和寻找都变得渺茫和淡漠。

我们从杜鹃身上体味到了花的奇美，那不是应该享受的美，而是自然对我们最大的恩赐。

其实我想，看不见的风景才深奥无比。

写这篇文章的时候，将心中对龟峰山的崇敬和对杜鹃花的欣赏全部倾注其中。

杜鹃属于艺术，其艺术的功力常常是被感动，感动的前提应该是感知。一颗心灵由大大小小的感知构成，一种感知也会由无数灵动的闪念构成。我想,写了大江和高山的雄浑、壮美,同时还要写出杜鹃花的生动、幻景、悲悯、严密,也就写出了我们内心的光影和波澜。

龟峰山的杜鹃隐秘而奇异,不是我幻想的那种美,是一种苍凉的美。

早已悄然碎裂的片段,变成另一种语言。在一种宁静里听我的心跳一样,我由此想到,人在忠实的范围内却倍加混乱,以花的简单应对复杂,也许能达到精神的顶峰。

我遥视着星光,恍如进入梦中。那梦想带有杜鹃花一样的羞涩和温柔。每一个夜晚,杜鹃花对应着星星,星星和杜鹃惊讶于彼此乍放的光芒。那一束花,像菩萨静静坐着。有人说,他不怕菩萨。其实,不怕菩萨就是不怕杜鹃花,那是会受到惩罚的。人生负累,身体里的哀愁太多,只有放下躯体留下纯洁的灵魂。

我的眼清澈,我的心舒缓。但是,我一再请求赐教,他们才直言不讳。花的虚伪你知道吗? 花有时也会欺骗人。是啊,人不要把高尚隐藏,生命需要自然的芬芳。有时候,我尝试着向花诉说,花的回应让我甜蜜无比,她成为我们寂寞时不可缺少的想象伙伴。后来,我们已渐渐不再满足此岸的诉说,而更看重彼岸的遥想。我常常不无自豪地说:我是河的子孙,也是花的子孙。可是,那个夜晚我睡不着了,思绪有些混乱。我们有时候不懂,智者就在焦虑中衰老。一个人在孤单无望的时刻,总是无声地流泪。对于艺术,越来越乖巧,越来越懂事,不是一个好事情。对爱,对一个约定,对一个信念,对人生最重要东西的背弃,伤及灵魂,让人几度绝望。人往往在绝望中才有思想的奇迹出现。我不得不承认,那一刻我恼怒了。奇迹故意躲避着我,是因为我不能对窗外的一切感到麻木吗?

一切都消逝了。

令人一直费解的是,历史的悲剧为什么总是会重演?

我发出长长叹息:珍惜眼前的一切吧! 这叹息真是很美的声音。此刻,我有一种难言的羞愧和感激。

我内心压抑了一些狂喜,这是怎样的生活啊?

我闻到麻城的杜鹃香,绝望会变成希望。世界让人窒息的时候,登上龟峰山会有一种新的感觉。尽管如此,这段时光还是显得弥足珍贵。美是复杂的,不能轻率地做出判断。它威严中透着温情,魅力无穷。

天黑了,我镇定下来,看一团围拢的夜色。黑夜里人要面对无数的隐秘,随着日月的增长,这种隐秘又成倍地增加了。从花开到花落,要等待多长的时间啊? 我体会到一种沉重近乎煎熬的感觉。在漫长的等待中,有什么能破解隐秘? 有什么能替代冥想? 这需要一份不同寻常的宁静,让人愿意倾听。就因为那瞬间的吸引,我改变了行程。

爱惜每一株草木,因为那是蓬勃的生命。我欣赏杜鹃花的时

251

候,一切都淹没在疼爱怜惜之中。我拥抱这花朵,唯恐这芳香转瞬即逝。失去的美丽多么残酷,我能够体味这午夜里的恐惧与哀愁。除了这些,令人生畏的将是无法探测的心之伤痕。导游小姐说,麻城杜鹃,还有好多故事哪!我只能婉言相对,答应认真倾听,仔细斟酌。是啊,留在麻城吧!这声音有力持久,震动着我的耳膜。我对大自然充满感激,这感激使我一次又一次热泪滚滚。那是生命释放后带来的巨大的喜悦。

人一旦接通了这种梦想,心底就会有无穷的力量。

四周皆无声息,只有花的悄然开放。躲避杜鹃花,不敢正视美丽,那将是狭隘和浅薄的做法。生活中,因为爱而经受无法表述的巨大痛苦。痛苦会带给我们类似不着边际的胡思乱想。合在一起的折磨,会让我陡添皱纹。杜鹃花教会我们如何放松,如何去爱。因为爱是一种奇怪的物质,是性欲、拥有、冲动。爱不能忘怀,不能摆脱,像不能赶开自身的形影。

我好像看见一双奇亮的精灵般的眼睛潜伏在龟峰山上,凝视着人间花海,祝福着麻城百姓。花开花谢,循环往复。在这循环往复的时间迷宫里,我们获得营养,获得力量。杜鹃花以铤而走险的方式表达自己的忠诚。所以说,这是一块福地,愈是如此,愈是受人尊崇。

那一片花海朦朦胧胧,远如幻梦。

最后,我们到了杜鹃花博物馆。虽说花期已过,这里杜鹃依旧盛开,鲜艳无比。那感觉好像是到了人间仙境。那里有一把藤椅,我坐在藤椅上,被杜鹃花包围了。摄影师给我留下了我与杜鹃花的珍贵照片。我们窥见了文化的奇境,引导我们破译越来越清晰的谜语。人世之间,除了文化能让人获得伟力,其余不可信托。这样的文化让我们的麻城成为自信从容、旁若无人的精神巨人。所以,还想再来美丽的麻城。

杜鹃花凋落的时候,春天逝去了,炎热的夏天来临。那个方向里生命的痕迹是清晰的,龟峰山隐藏在烟雾里,看上去一片朦胧。我离去很久还沉浸在麻城杜鹃花的思索里。麻城杜鹃那舒展的眉梢,透露出人生的恩惠和从容,让我们领略她那明净而尊贵的灵魂。祈祷明天更加明媚,那一条绵长不息的杜鹃花的长流,奔腾不息,灼灼闪耀。

四季变换的斑斓,等待杜鹃花的祝福,她带给我们日月巡回般的美好节奏,那是夏日繁花般绚烂的思念。

塔和路的畅想

西安有太多我不知道的东西,散发着神秘的气息。这种气息潮水般向我涌来。找试图与这种神秘的气息沟通、融合。可是,我的心像一朵飘忽的云。

天真有时释放爱美的灵魂,老者的"木讷",却能给我们带来灵感,而时尚的风过于缥缈,让人难以捕捉。生活是累心的,需要我们认真发掘生活之美。我们要善于采撷,善于与美对话,善于在历史的风景中找到新的风景。

西安有怎样一种美呢?

我的感受是古朴、端庄和开放之美。是的,有着十三朝历史的古都,又以唐朝为最盛。周代的幽邃、汉代的强盛、唐代的辉煌,其中隐藏着多少故事啊!那是梦幻般的意境,颇为赏心悦目。一语惊醒梦中人,我们好像从梦中醒来,看西安的建筑,现代化的高楼大厦之间总会有唐朝的建筑模式:红墙、黑瓦、雕花的窗户,给人不一样的赏心悦目。我似乎已成了西安的一分子了。

残败的城墙,给我们非常深刻的哀伤之感,还有现代人苍凉凄厉的追念。它笑看朝代的风云聚散,让我们与历史相识,给我们留下谜语,留下疑问,也给我们留下了无尽的思考。我生命的一部分,已经悄悄潜入西安的骨血,灵魂突然地飞起,超越了高大灰黑的城墙,并在飞翔中体味古城的独特味道。

这里的风景朴拙而深奥,极有韵味,极为独特。西安人常常不无自豪地说:我们是长安人。长安人爱塔。

小雁塔,陕西丝路申遗遗址。塔和路就有了渊源。

这里意象通明,透出一种温柔淡定的平静。我们的手抓不住岁月,岁月像飘零的云朵溜走,可这小雁塔却存贮了文化的记忆。小雁塔是唐代佛塔,塔形秀丽挺拔,被认为是精美的佛教建筑艺术遗产。下午时分来到小雁塔,这时的阳光从塔顶褪了下去。秋天的和风吹着白云。周围环境优美,有袅袅的香气环绕,有多彩的蝴蝶飞舞。蝴蝶从花丛中飞起,把梦留在最深最醇的芳香里。这塔纯粹的艺术格调,引发我们无穷的想象。让人觉着奥妙无穷,意味深长,别有风韵。

过去,我常常听说大雁塔。小雁塔与大雁塔都是唐代长安城保留至今的标志性建筑。小雁塔因规模小于大雁塔,故得名。它是密檐式方形砖构建筑,初建时为十五层,塔身每层叠涩出檐,南北面各辟一门;塔身从下往上逐层内收,形成秀丽舒畅的外轮廓线;塔的门框用青石砌成,门楣上用线刻法雕刻出供养天人图和蔓草花纹的图案,雕刻精美。塔的内部为空筒式结构,设有木构式的楼层,有木梯盘旋而上可达塔顶。

爱花的人,都是热爱生活的人;爱塔的人,都是热爱历史的人。生活并不宽裕,爱和恨都难以完成。生活与历史接通靠什么?靠通天大路啊!塔和路代表豁达和淡然,是幸福门前的大道。轻轻地走过去,就会别有洞天。这样的古塔是活的,是有灵魂的,我们仿佛看见小雁塔活过的痕迹,判断出它的内在情感。其经历像银幕,上演了古往今来的波澜和传奇。

一切尽收眼底,又感觉什么也没有,远古的气息追随着我,让我有静悄悄的孤寂。我多想把自己变成一座塔啊!

没有冷硬的姿态,只有温暖的瞬间。

那是无限陶醉的神情。我曾痴痴地想,要是让我穿越回到那个时代会作何感想?

塔总让我想到路。

丝绸之路的前方好像有价值连城的宝藏,但是,这宝藏的获得需要艰辛的跋涉,有时还要付出贵重千倍的生命。在漫长的岁月里,无数孤寂的夜晚品尝愁绪。于是,便有了人在途中的思考。途中面临生死考验的时候,继续前行还是后退求生?这种思考是短暂的,也是长久的,这样的生死抉择是对人勇气和决断的极大考验。我不知道世上还有什么考验比它更严峻,那是人类精神的超越。

那不是归人,是匆匆过客。

只有到了西安,历史中的一切尽收眼底。深入历史深处,飘荡着岁月的风情。两千一百多年前,张骞"凿空"西域。"丝绸之路",这条大路上太阳升起,好像世界被重新分娩了一次。

历史故事,意象通明。丝绸之路以长安为起点,经咸阳、宝鸡,向西通过甘肃境内的河西走廊,过敦煌,出玉门关和阳关进入新疆,沿着塔克拉玛干大沙漠的北缘和南缘,分两路会合于帕米尔高原,进入中亚、西亚,直达地中海东岸。

我们可以想象,当年是怎样的盛景啊!

其间,丝绸之路商旅常年不断,从西域传来的物产有核桃、胡麻、无花果、葡萄、安石榴、黄瓜、大葱、菠菜、大蒜、胡萝卜、番红花、胡荽、苜蓿、琉璃、毛皮、宝石、药剂等。"天马"与胡乐也先后传入中国。中国的漆器、竹器、铜镜、陶器、丝绸、冶铁、茶叶、生姜、大黄、肉桂、土茯苓也传入西方。一生致力译传佛经的僧人鸠摩罗什也经丝绸之路到长安,如今有舍利塔在草堂寺。宗教传播爱,爱塔的人,爱他的人,爱得真而深,真了,深了,便会体味到独特。我愿怀了炽烈的爱去欣赏他和塔。所以,我希望自己有一颗琴心。

灯光、明月和繁星散发着晕光,夜来无眠,我的心像飘忽的光。在今天的物质生活中,当我与庸俗的日子绝望拉锯的时候,

257

必然的创伤如期而至,此时,我就格外崇敬历史上那些伟大的使者,他们的心灵飘浮在路上,无论遇到什么样的困境,都依然前行,这是丝绸之路最大的秘密。大路以它无与伦比的壮阔,告诉人们永不凋谢的秘诀。大路依旧放声歌唱,我知道它终会带我们去远方。

历史的珍藏会在漫长的岁月里发酵,香飘万里。世界那么大,都想去看看,世界向西安人敞开博大的胸怀,拥抱那些勇敢者。以西安为起点,历史的记忆,思想的浪花,就这样在古城网织着一个立体的形象。

大路为生命而歌唱,不离不弃,鞠躬尽瘁,至死不渝。我想着,大路有多少种颜色呢? 土黄色? 杂色? 说得清,也说不清。

路是自由的,风是自由的,路随风动。我们渴望知道,又不愿相信,那无法预见的命运。在傍晚的微光里,看上去像一个梦。听说有一些孩子,站在西安小雁塔顶遥望大路,一遍遍遥望,我猜想着孩子们的真实感受。他们是西安人,还是另外地方来的游客的孩子? 他们是激励自己,还是别有雄心?

大路在喧嚣中睡去了,人在疲惫中成熟了,成为自信从容、旁若无人的精神巨人。秋天是收获的季节,秋天逝去的方向,文化和精神的痕迹是清晰的,隐藏在充满传奇的大路上,也掩藏在美丽的小雁塔。

西安古城啊,威严中透着温情,魅力无穷。

今天，从表面看，西安好像没有新故事了，其实，我们面临重重困扰而不绝望，正因为我们在西安找到了世界和谐的人文精神。我回想所有落在古塔上的阳光。这种罕见的纯粹性，才使这一文物有某种无从想象的丰富和华贵。这塔让人想到了一种奇迹。看不到借鉴，也看不到模仿。我好好端详着古塔，让人能永远不忘记。塔和路活脱脱有了生命，会终生难忘。这让我们憧憬，我将那美丽的憧憬持续了一段时间。一些美好的记忆仿佛带我回到春天的路上行走。

我们似乎听见了歌声，几句简单的秦腔，打开了我们的心扉，让我翘首遥望。

人与人是有缘分的，人和路也是。塔和路是有梦想的，没有梦想他们怎能拥有走向世界堪称悲壮的旅程？又怎能有力量把世界紧紧拥在彼此怀中？塔和路与人相似，人活着的意义就是不断寻找意义。可以想见，当年丝绸之路的繁华盛景，繁华中有乐趣，乐趣与艰辛交织在一起，便构成人生精彩的故事。

开启新丝绸之路，这是何等壮阔的选择？在有限的时间里，完成无限的选择，我们绷紧的神经经历了一次峰回路转的惊喜。世上本没有路，走的人多了便成了路。我们再延伸一步，路走得久了，走的人多了，便成为辉煌大道。浩浩荡荡的大路啊，沸腾、拥挤，不是一个思索的好地方，思索需要寂静。但是，它能激发我们内心的波涛翻滚，思索会是长久的、深刻的、宽广的。恰如刘勰

259

《文心雕龙》中所说:"文律运周,日新其业。变则其久,通则不乏。趋时必果,乘机无怯。"这里的思想与刚刚开启的新丝绸之路多么吻合!巨大的成功之前,都有过怀疑和绝望,我想,那之后一定是有的放矢,焕发出惊人的爆发力,有着历史的必然和辉煌的功绩。

那是一束光,照亮了人心。将记忆自拔于困顿的泥沼,将光明播撒于每一寸光阴。心里的、梦里的、存在的、缥缈的,该留下的总会留下,该走的已经化为尘埃永远消失了。但是,小雁塔的故事曾经闯入我的梦乡。小雁塔和西安一样是有灵魂的。远方的人啊,愿你在万水千山之外都能听到这里清越的心音。日月星辰,在它的名字里,展示着各自的光芒,共同照亮民族复兴的征程。

前方亮起闪电,路途似乎还很遥远。我们共同的希望,在不远处闪着光。是啊,新的丝绸之路开启了,那是人类不屈的生命通道,我终于知道遥远的古丝绸之路等待的是什么了。

景若在，梦就在

我们生长在长城根儿的游人，游览长江的心情是很激动的。举世瞩目的长江三峡工程，又使古老的长江再度辉煌。1996年初冬，我和我们"三驾马车"的另外两位老兄何申、谈歌受湖北《芳草》杂志的邀请，乘船游览了长江三峡风光。我到长江漂流还是第一回。小时候，我在课本里读到刘白羽先生描写长江的散文，便对长江神往了，这条发源于青藏高原的大江，汇千川百河，劈开崇山峻岭，席卷巴山蜀水，一泻千里东流去。

由于没到白帝城，船从宜昌出发，过大三峡时已到夜晚，给我留下深刻印象的算是游小三峡了。第二天的黎明，我们的游船从四川的巫山镇出发。初冬了，可小三峡两岸的景色还是那么迷人。巫山小三峡是龙门峡、巴雾峡和滴翠峡的总称。来前听人讲，小三峡的绝妙之处就是它的小巧秀雅，状若盆景，兼有"三峡之状，桂林之美"。今天亲眼所见，果然名不虚传。导游小姐陌生的口音是那么亲切。我觉得眼前山奇雄,峰奇秀,滩奇险,水奇清,峡奇幽,石奇美。一段水一片景,一重浪一重天,仿佛是欣赏一幅立体感极强的优美画卷。

船过龙门峡,我真的看见了龙门,峭壁指天,雄壮巍峨。游船驶过龙门大桥时,我想象着三峡工程大江截流后,这里水位上涨之后的样子。当西岸绝壁上一个个方孔展现在我眼前的时候,没等我去问询,百花文艺出版社的王俊石老师就说:"这里是古栈道遗迹。"我马上联想到《三国演义》里烽火连天的古战场。这些方孔,孔距五尺,排列均匀,栈道绵长,主干起于龙门峡,沿大宁河绝壁,北经巫溪县延伸到很远的地方。

日月是百代的过客,人世的沧桑,如过眼的云烟,如今去而复来的只有游人了。在这一脉具有特殊历史、社会和文化风情的地方,我不仅看到了古栈道的遗迹,还能隐约看到悬棺、船棺,还有富有传奇色彩的野人传说。我们听到了激越高昂的巫山民歌。这些都是我们人的思想载体,载动我们对历史人生的感悟,载动这些人文盛景带给我们无限的乐趣。我觉得这个世界的美是针对丑而生的,没有丑陋的风景,只有丑陋的眼睛。丑也能丑出魅力,看来美丽并不是我们人类唯一的王牌,大自然的永久魅力是一种天然的和谐所产生的震撼心灵的力量。这里的风光是常被人赞美的,当人类赞美大自然的时候,竞争和选择同样是它的生存核心。一条十分残忍的规律,这里同样是机会和生命力决定生存。我们不止一次看见岸边大树下黄色的岩菊,为了争取阳光拼命地生长,其弱者不得不最后倒下的凄凉场面。我们人类不是这样吗?人来到这个世界上不得不面对那既成的一切,就构成了命运的序曲和基调。不要屈服于命运,其理由是命运通常并不怜悯失败者。

在我们思古怀旧的情绪中,游船就驶到了青狮守龙门。转过山脚就是青狮守护的"九龙柱"和"灵芝峰"。柱旁有一柱若蘑菇状的石峰,形如伞,传说是神女为百姓治病所种的灵芝。

游船出了龙门峡,便到巴雾峡了。巴雾峡的流水是很急的。这时西岸一块黑褐色的巨石映入眼帘,然而我这时却注视着船边的水。这里的江水十分清澈,让我想起《论语·雍也》中的两句话:"知者乐水,仁者乐山。"我的名字就是爷爷翻弄《论语》时起下的。由此我想到了人生。在这美丽的大自然面前,我们应该怎样生活呢?人为幸福而生,正如鸟为飞翔而生一样,飞翔就像梦,紧紧抓住梦,如果梦消亡了,生活就成了一只折翅的鸟,不能飞翔。心若在,梦就在,梦告诉我们,声声呼唤理想的人,也许是心灵空虚的人。其实,人生的道路要自己走。世界很大很大,就像这小三峡的景观,容得下我,也容得下你,还容得下他。

水是小载体,叠映着小三峡的小世界。纵观宇宙看小三峡,的确是小世界,小世界里有着人生的大境界。人的生命力的强大,总是与水有关,激流帮助我们不断拓展生存的空间,我们的命运与流水同行。面对人类的流水,富有创造的精神便是这流水的韵律。这里不是有着人生的启迪吗?

到了滴翠峡,两岩翠竹摇影,四季不衰,泉水飞花溅玉。在河心,一眼望去,东岸一山形如牛。相传很早以前,这头牛正埋头吃草,无意间被牧童一鞭打去,此牛一惊,尾巴掉了,便形成了这般的激流险滩。透过水帘洞再看卧牛山,又使我生出许多联想。卧牛山的成因,有许多值得思考的东西,牛掉了尾巴,为什么不走呢?最悲惨的失败是功亏一篑。懒惰,横亘于成功的道路上,起初不过是些坡岗,到后来,就成为不可逾越的崇山峻岭了。我想,埋头吃草的老牛,虽然带来了美景和传说,但是它的行为是值得研究的。命运之神本来就赐予得很少,一切都赖于争取,甚至滴翠峡的这种美丽也是大自然从魔鬼手里夺来的。

过了一会儿,游船就到达了两条河的交汇之处马河渡口。我们的船还要继续前行,去古镇大昌。马渡河是大宁河东岸的一条支流,河道狭窄,峡谷悠远,天开一线,峰峦叠翠,飞瀑流泉,古朴静宜。它的下游也有三个峡谷,赢得了小小三峡的美称。小小三峡引发了我的思考。美景是古老的,也是现实的,它能够通向人的心灵。我们虽说没有去小小三峡,可它给我留下了想象的空间。它也许比巫山小三峡更美吧?美丽永远飘在我们的前头。这不一定是事实,但一定是信念。不论美景渴望观看还是渴望理解,爱是唯一的可能。在这里,我看见了一面斜斜的山坡上,长满了不同颜色的野草、花朵、青竹，它们以不同的方式热爱着太阳。

在这些景观面前，我发现了自己的渺小。大自然有灵魂吗？它的灵魂与人的灵魂，一同在太阳下曝晒，然后就发现，所谓我们的渺小，也是指灵魂的渺小。

中午赶到古镇大昌。我们有一种春天的感觉。小镇长近四里，镇西是古城，素有"一灯照全城，四门可通话，堂上打板子，户户听得见"之说，被游人誉为"袖珍古城"。走在大昌的街道上，尽管气味儿杂乱，可将它与小三峡连在一起来考察，也就品出大昌的美感来了。小三峡之行，使我感到钻进了一条古老而深邃的精神峡谷，人只有进入广阔的精神领域，才能真正体会大自然的秀美和世界的无边无际。

美丽是值得思考而无法回避的。

小三峡的美丽我会记住，但是人类心灵的美丽还有待寻找。寻找是很艰难的，再艰难也要找下去。我们沿小三峡漂流的理由也许只有一条：旅游！可是人在大自然的美丽中战栗的理由会有上千条。我想对于众多的游客来说，游小三峡已成为我们探索生命和世界的精神力量。从这个意义上说，游小三峡会更新我们的血液，更新我们的世界观。热情而单纯的预期，一再使我们误入歧途，可是游小三峡的辉煌一瞬，正是大自然被我们当作图腾崇拜的时候。我们此时看到东方再现了维纳斯的秀美与典雅。

回来是顺流，心想回家之路，必经玫瑰园。人生的路啊，有顺流也有逆流,顺流的时候要尽情地享受,逆流的时候要把握好方向。

"小说家的散文"丛书

《我画苹果树》　　　铁　凝　著

《雨霖霖》　　　　　何士光　著

《高寿的乡村》　　　阎连科　著

《看遍人生风景》　　周大新　著

《大姐的婚事》　　　刘庆邦　著

《我以虚妄为业》　　鲁　敏　著

《在家者说》　　　　史铁生　著

《枕黄记》　　　　　林　白　著

《走神》　　　　　　乔　叶　著

《别用假嗓子说话》　徐则臣　著

《为语言招魂》　　　韩少功　著

《梦与醉》　　　　　梁晓声　著

《艺术的密码》　　　残　雪　著

《重来》　　　　　　刘醒龙　著

《游踪记》　　　　　邱华栋　著

《旅馆里发生了什么》　　　王安忆　著

《拜访狼巢》　　　　　　　方　方　著

《出入山河》　　　　　　　李　锐　著

《青梅》　　　　　　　　　蒋　韵　著

《写给北中原的情书》　　　李佩甫　著

《星斗其文，赤子其人》　　汪曾祺　著

《熟悉的陌生人》　　　　　李　洱　著

《一唱三叹》　　　　　　　葛水平　著

《泡沫集》　　　　　　　　张　欣　著

《写给母亲》　　　　　　　贾平凹　著

《无论那是盛宴还是残局》　弋　舟　著

《已过万重山》　　　　　　周瑄璞　著

《众生》　　　　　　　　　金仁顺　著

《如果爱，如果不爱》　　　阿　袁　著

《故事与事故》　　　　　　蒋子龙　著

《回头我就变了一根浮木》　潘国灵　著

《三生有幸》　　　　　　　北　乔　著

《我的热河趣事》　　　　　何　申　著

《天才的背影》　　　　　　陈　彦　著

《我的小井》　　　　　　　乔典运　著

《那张脸就是黄土高原》　　红　柯　著

《遇见》　　　　　　　　　石钟山　著